W0329941

ET PUIS LA FOUDRE

DE LA MÊME AUTEURE :

Comme une éclipse, Fayard, 2022 ; Le Livre de Poche, 2023

Sous le nom de Sophie Henrionnet :

Plus immortelle que moi, Éditions du Rocher, 2021

Sous les balcons du ciel, Éditions du Rocher, 2020 ; Le Livre de Poche, 2022

Et puis Colette, avec Mathou, Éditions Delcourt, 2018

Vous prendrez bien un dessert, Daphnis et Chloé, 2015 ; Éditions Charleston, 2020

Sophie Rouvier

Et puis la foudre

Fayard

Couverture : Le Petit Atelier
Illustration : Hélène Crochemore

Dépôt légal : mars 2023

ISBN : 978-2-213-72157-6

« Le baiser frappe comme la foudre,
l'amour passe comme un orage,
puis la vie, de nouveau, se calme comme le ciel,
et recommence ainsi qu'avant.
Se souvient-on d'un nuage ? »

Guy de Maupassant

« Celui qui frappe la foudre n'entend pas le tonnerre. »

Proverbe magyar

À Baptiste,
parti des milliers d'orages trop tôt.

1

VINCENNES

Sur le parking ne reste que le monospace. Volumineux rectangle gris, combinaison de tôle, de chrome et de plastique. Obscénité spacieuse. Énormité technologique. En haut de la portière avant droite, il y a cette longue et fine rayure, exécutée à la clé avec une application qu'on ne peut que saluer. Réalisation remarquable, dans le souci du détail, prolongement gestuel d'une humeur rageuse et réfléchie. La voiture n'avait pas deux semaines que, pour une sordide histoire de priorité, une folle avait passé ses nerfs sur la carrosserie gris métallisé.

Ils patientent là, égarés sur l'enrobé qui transpire, peut-être quelques secondes, plus probablement quelque chose de l'ordre de la minute, à fixer le véhicule qui semble perdre patience, pressé qu'il est de regagner sa place devant le garage. Chiara et Maxime attendent, dissemblablement perdus dans leurs pensées. Chacun espérant, surtout, que l'autre initie le mouvement, cet élan nouveau, décidé, quasi entériné, qu'il faudra bien alimenter puisque tous deux l'ont choisi.

— Une hybride, lâche soudain Max, les pupilles amarrées dans le vague.

— Pardon ?

Chiara pivote lentement et scrute le profil de son mari.

— Il est temps de se mettre aux hybrides. J'irai chercher de la doc.

— Tu penses changer de voiture ?

Max hausse les épaules.

— Tu garderas le monospace, non ?

— Je n'ai absolument pas réfléchi à cette question, murmure-t-elle.

— Ce sera plus pratique pour le chien.

— Parce que je garde le chien ?

— Tu ne veux pas garder le chien ?

— Je n'ai pas dit que je ne voulais pas garder le chien. Simplement, je n'ai pas encore pensé à ce genre de détails.

— Trente-huit kilos, je crois qu'il n'est plus question de « détails », tente de plaisanter Max.

Le silence, à nouveau, se réapproprie toute la place, ricoche sur chaque gravillon, chaque arbuste, chaque muret marquant les allées du parking de l'avocat-conseil. Dans la tête de Chiara, des souvenirs se superposent, instantanés d'une vie, et, dans le moindre de ces fragments de passé, il y a leur vieux

Charlie. Comment a-t-elle pu mettre l'avenir du chien sous le tapis ?

— J'aimerais bien, oui, avoue-t-elle en se sentant déjà redevable.

— Je m'en doutais. Ce sera mieux comme ça.

Sur ces mots, il enfonce les mains dans ses poches et s'élance sans plus attendre en direction du monospace.

Aujourd'hui, c'est lui qui donne le premier coup de machette dans le sentier jonché d'obstacles. Lui qui défriche, parce qu'il faut bien que quelqu'un tranche. Lui qui débroussaille cette inconnue. La vie d'un couple quand le mariage prend fin.

2

Puisqu'il faut bien que la vie reprenne son cours, Chiara et Max évoquent leur quotidien pour bouter la gêne hors de l'habitacle. Il est question de César qui ne veut plus mettre un orteil sur le tatami. Sa passion pour le karaté n'aura tenu guère plus longtemps que sa ferveur pour l'escrime ou le rugby.

— Tant qu'il fait du sport… souffle Max.

— Les équipements s'entassent dans le grenier, tu parles d'une rente ! C'est quoi le topo cette fois ?

— Le topo ?

— Il doit avoir autre chose en tête !

— Il t'en parlera…

— Ça me saoule qu'il passe par toi alors que, pour finir, c'est toujours moi qui me cogne la tournée Décathlon et les séances d'inscriptions à la mairie, fulmine Chiara.

Max réprime un sourire en se félicitant d'avoir cette fois le beau rôle auprès de leur fils. Il étend ses bras encore puissants, les mains bien campées à dix heures dix sur le volant.

— Tu as bien une petite idée, non ?

Chiara soupire bruyamment.

— Comme si j'étais un dragon…

— Il savait que tu n'allais pas sauter de joie en apprenant qu'il lâche le karaté.

— Je devrais le féliciter, peut-être ? Je n'ai jamais exigé de médaille olympique, à ce que je sache, mais, enfin, la moindre des choses serait de persévérer un minimum ! Je n'aimais pas la musique plus que ça, et pourtant j'en ai fait pendant huit ans.

— Pour ce que tu joues du violon, hein.

— Je ne joue peut-être pas du violon tous les quatre matins, mais j'ai des bases de solfège et c'est toujours ça.

— Chiara, César a onze ans. L'important, c'est qu'il se tienne de temps en temps loin des écrans. Qu'il se mette à la pêche ou au poney, moi ce que j'en dis…

— Forcément, toi, tu… Attends un peu, tes parents sont là ?! s'exclame-t-elle en avisant une Clio rouge stationnée devant leur garage.

— Merde.

— Merde, oui, c'est le cas de le dire. Décidément, ils ont le sens du timing.

— Mon père vient peut-être récupérer le taille-haie ?

— Parfait timing, c'est bien ce que je dis ! Je te préviens, on ne les garde pas à dîner. En plus ils vont encore mettre sur le tapis l'aménagement de la dépendance et l'achat du terrain et…

Max lève ostensiblement les yeux au ciel sans pourtant ralentir à l'approche de la maison.

— Tu fais quoi ?

— Je cherche un endroit tranquille pour qu'on puisse décider d'un plan B.

— Ah non ! On s'est mis d'accord, on ne revient pas là-dessus !

Max donne un brusque coup de volant et monte sur un trottoir avant de couper sèchement le contact. Les mains cette fois cramponnées au volant, il prend une longue inspiration. Devant l'air soudainement excédé de son mari, Chiara s'efforce de revenir à des tonalités plus acceptables.

— Ce ne sera jamais le bon moment. Il n'y a pas de bon moment pour ces choses-là, se justifie-t-elle doucement en posant la main sur la sienne. Lou part demain en week-end chez Paul et Isa, et il est hors de question de balancer la nouvelle après une journée d'école. On n'a pas le choix. Il faut annoncer le divorce aux enfants ce soir.

— Je ne dis pas le contraire, Chiara…

— Alors quoi ? Tu as des doutes ?

— Ah ça non !

— Quel enthousiasme ! Me voilà rassurée.

— Ce n'est pas ça. Disons que l'idée de cette discussion…

— Je sais, je suis morte de trouille.

Max secoue lentement la tête, cherchant une issue au problème.

— Bon, ne t'inquiète pas, je vais gérer la situation : je m'arrange pour congédier mes parents en vitesse, je commande des pizzas et ensuite on parle aux enfants.

— Tes parents ne restent pas ce soir.

— Mes parents ne resteront pas, c'est promis.

— César et Lou doivent être les premiers au courant. Parce qu'à partir du moment où on l'aura annoncé, la nouvelle se répandra en quelques jours.

Max colle son dos au siège de la voiture et laisse ses épaules s'affaisser.

— Tu m'étonnes…

— Alors si en plus tes parents…

— Chiara ! Je t'ai dit que j'allais m'en occuper ! C'est assez clair comme ça ?

Max démarre le monospace sur les chapeaux de roue et, plus loin, entame un demi-tour jusqu'à venir se garer tout à côté de la Clio.

— Je suis désolée. J'ai peur. C'est normal, non ? Et quand j'ai peur, je suis tendue, tu le sais. Je n'y peux rien, c'est plus fort que moi.

— Ça, je suis au courant, oui.

Dans l'esprit de Chiara, des souvenirs impromptus s'invitent. Quatre paires de tongs blanches prises en photo sur une plage de Vendée, un fou rire d'anthologie au cours d'un improbable gala de danse à la vue de Lou qui, grimée en crevette, se désintéressait totalement de ce qui se tramait autour d'elle. Les lendemains de Noël si doux et des bisous qui claquent sur des joues joufflues de bébés. Oui, cette discussion s'annonce vertigineuse.

— Allez, on se détend, ça va bien se passer.

Max, perdu lui aussi dans ses pensées, ne réagit pas.

— Ça va bien se passer, hein ? interroge-t-elle à nouveau.

Chiara replace nerveusement une mèche derrière son oreille. Elle a abandonné ses longueurs et n'a pas encore apprivoisé sa nouvelle coupe. Elle plonge ses yeux noirs dans ceux de Max. Les traits du quadragénaire se radoucissent lorsqu'il se met à hocher lentement la tête. Il ne se rase plus depuis quelque temps et des cernes ont élu domicile sur son visage, lui donnant finalement du caractère plus que mauvaise mine.

— Personne n'est mort, Chiara. On a juste décidé de divorcer.

— Parce qu'on ne s'apporte plus suffisamment l'un à l'autre. Et parce qu'on n'a pas plus les mêmes centres d'intérêt…

— On y va, coupe Max, la main sur la poignée.

— Ça ne veut pas dire qu'on ne formera plus une famille, ou qu'on n'aime plus les enfants.

— Chiara !

— Je répète !

— On trouvera les mots, ne t'en fais pas.

Chiara fait machinalement tourner son alliance autour de son annulaire gauche. Elle la perdrait presque tant elle a maigri ces derniers temps, sans faire attention. Elle a perdu le goût de beaucoup de choses.

— Les parents prennent des décisions. Nous avons pris cette décision, César et Lou comprendront, ajoute-t-il finalement pour se donner du courage.

Chiara reste interdite quelques secondes et, dans ce point d'orgue silencieux, quelque chose trouble Max, un fragment de la Chiara d'il y a seize ans, quasi identique mais pourtant sensiblement différente de celle qu'elle est devenue aujourd'hui.

— Ça va ? s'inquiète-t-il, subitement ému.

— Oui. Super. Allons foutre tes parents dehors, annonce-t-elle en bondissant hors de la voiture.

3

Devant la porte d'entrée, Chiara invective ses clés.

— Et allez ! À tous les coups, Lou a encore laissé son trousseau dans la serrure !

— Tu as sonné ?

— Évidemment que j'ai sonné !

— Détends-toi… César nous a vus, dit Max en pointant du doigt un rideau qui flotte encore à la fenêtre de l'étage.

Chiara presse à nouveau le bouton de sonnette. Au loin, le carillon retentit, aussitôt couvert par des rires.

— Ils doivent être dans le jardin, tente Max qui sent Chiara monter à nouveau en pression.

— J'entends ta mère pouffer ! Ils commencent tous à me gonfler, ça part mal !

— Sérieusement, si tu n'es pas prête, on remet à un autre soir.

— Je suis prête. C'est juste que je n'imaginais pas que la soirée débuterait comme ça.

Chiara recule pour observer la fenêtre de la chambre de leur fils, lequel apparaît brièvement une nouvelle fois avant de disparaître.

— César ! Viens ouvrir, on est coincés !

Nouveaux rires étouffés derrière la porte d'entrée, suivis de joyeux aboiements.

— Qu'est-ce que c'est que ce plan ? César !

Le petit brun joufflu finit par entrouvrir la fenêtre en jetant des coups d'œil derrière lui. Il s'est toujours montré blagueur ; chaque matin, il leur conte ses rêves enjolivés d'éléments fantastiques, des histoires de héros de mangas qui se téléportent dans des finales de Coupes du monde, quand ce ne sont pas des mix entre *Indiana Jones* et *Le Seigneur des anneaux* dans lesquels sa sœur se fait fatalement torturer… Seulement, cette fois, Chiara sent qu'il s'agit d'autre chose.

— Descends tout de suite ou je te promets que ça va mal finir !

— À ce propos, évitons le sujet karaté ce soir, si tu veux bien.

Pour toute réponse, Chiara fusille Max du regard.

— Ce n'est pas drôle. Appelle mamie Rose !

— Et tout de suite, tonne Max.

— Passez par le garage ! lance enfin une voix flûtée.

— César, je te jure que…

— Par le garage, et que ça saute ! ordonne César avant de fermer la fenêtre en pouffant.

Chiara et Max maugréent de concert en longeant la façade. Le temps est à l'orage, lourd. Max essuie d'un revers une goutte de transpiration qui longe sa tempe.

— Bordel, qu'est-ce qu'ils manigancent ?

— Du calme, c'est sûrement une idée de ma mère.

— J'ai dit non pour la table de ping-pong. Ma main à couper qu'ils se sont ramenés avec une table de ping-pong !

— Attends de voir…

— Et cette manie de toujours passer à l'improviste, ce n'est pas possible, fulmine Chiara.

— Prends un peu sur toi, je t'en supplie. Oh, putain…

4

Il y a deux écoles. La première institution réunit en son sein les adorateurs des fêtes surprises, avec sa sous-classe d'instigateurs : ceux qui ne manquent jamais de rappeler leur anniversaire dans l'espoir d'être célébrés, laissant traîner des indices, même si, ce faisant, au regard d'attentes et de projections rêvées, il est d'évidents risques de déception. Et puis, il y a tous ces autres dans le fond de l'assemblée, les étranges, les résistants. Armée silencieuse renfrognée, prétendument rabat-joie, abhorrant l'imprévu et son cortège lorsqu'il est question de devenir, l'espace d'une heure ou d'un soir, le centre de l'attention. Ceux-là préféreraient, à choisir, subir une coloscopie surprise plutôt que de se trouver dans un guet-apens tendu par une foule qui finira forcément par entonner un hymne, quel qu'il soit.

Max n'est jamais en reste pour ce qui est de faire la fête, inviter des amis au débotté, ou se faire offrir un apéro vite fait. Mais alors vraiment vite fait, hein, après il file. Il est d'une catégorie tout terrain, surtout depuis qu'il a vaguement décidé de suivre un mode de consommation légèrement décroissant – Max a suffisamment bien gagné sa vie jusqu'à la période qui nous intéresse, et les récents pépins de santé d'un collaborateur lui ont fait prendre conscience qu'il passait trop de temps sur son lieu de travail. Depuis, il hésite plus ou moins à lever le pied et, ce qui est sûr, c'est qu'il consacre beaucoup plus de temps à sa petite personne. Chiara, quant elle, est plus à l'aise dans l'exercice du contrôle, niveau festivités ou autres. D'ordinaire, c'est elle qui régit les anniversaires. Ceux des enfants, de son père, et même ceux de ses beaux-parents. Récemment, elle a d'ailleurs organisé une fête pour les quarante-cinq ans de son amie Isa dans un somptueux gîte – de l'avis de tous, c'était une sacrée réussite, à laquelle elle repense souvent, non sans fierté. En bref, l'inventivité de Chiara n'a d'égale que l'énergie qu'elle met dans les attentions qu'elle réserve à ses proches, et il en va de même pour son activité professionnelle.

Pour ce qui est de l'entité Max et Chiara… c'est plus compliqué. En théorie, ces deux-là ne sont pas contre la compagnie de leurs famille et amis, mais depuis quelques mois ils passent le plus clair de leur temps libre au chevet d'un couple dont les constantes vitales affichent plus qu'un affolement momentané. La prophylaxie n'étant plus de mise et un traitement catégoriquement insuffisant, le temps de l'autopsie est venu. Mais ces réflexions sont restées chasse gardée, ni l'un ni l'autre n'ayant laissé filtrer les tourments qui animaient leur mariage. Parce que les apparences, la dignité, la pudeur. Pour l'ensemble de leurs proches, Max et Chiara coulent une vie de famille paisible, presque indolente. Surnommés « Maxiara », en clin d'œil au concept Brangelina du temps de l'union magique de Brad Pitt et d'Angelina Joli, ils forment un couple modèle jonglant entre hobbys, professions enviables – même si chronophages – et une descendance normalement impertinente, c'est-à-dire sans gros soucis de comportement à relever. C'est pourquoi, en ce vendredi soir, alors que Max et Chiara ambitionnent de révéler à leurs enfants que leurs vies s'apprêtent à prendre un tournant décisif, aucun de nos deux protagonistes n'est en mesure de se frotter à l'événement qui l'attend dans le garage.

— Mon Dieu…

La main encore sur la clenche, Max reste figé.

— Quoi, encore ! crie Chiara restée en retrait en le poussant sans ménagement vers l'avant.

— SURPRISE !!! hurlent en chœur des dizaines de voix.

Ces voix, ce sont celles des convives, massés autour de tables de jardin, sur lesquelles pèsent des poids, lesdits poids retenant des ballons gonflés à l'hélium, prêts à s'en aller tutoyer le plafond lambrissé.

— Hey ! embraye Max en se recomposant une mine réjouie de circonstance.

— Eh bien ! double Chiara en recouvrant tout le calme dont elle est capable.

Lou et César encadrent leurs grands-parents paternels, Rose et Henry. Joseph, le père de Chiara, qui tape déjà dans le buffet, se tient près de Diane, la petite sœur de Max. Il y a les amis : Estéban, également associé de Max, accompagné de sa femme Mélanie, Paul et Isa, et puis Lucie, éternelle complice de Chiara. Rose s'approche, les joues empourprées par une excitation qu'elle ne cherche plus à contenir.

— Vous n'aviez rien prévu ! Alors, avec la complicité des enfants et d'Isabelle, je me suis dit que ce serait chouette qu'on soit avec vous !

Chiara offre un sourire figé à ses invités, cherchant bien quel épisode elle a pu rater. La jolie brune, qui a conservé les joues rebondies de son adolescence, quémande, avec toute la discrétion possible, un peu de soutien auprès d'un Max qui semble autant qu'elle plongé dans l'incompréhension. Mais il en faut davantage à Rose pour perdre le fil. Elle est en mission et, après avoir coulé un regard assassin à Joseph qui a déjà pas mal creusé le plat de mini pâtés en croûte, la septuagénaire embraye, fourrant dans les mains de Max et Chiara des coupes de champagne.

— Je voulais tout installer sur la terrasse mais l'application de Météo France est formelle, des averses ne devraient pas tarder. On a donc fait autrement !

— C'est... tellement gentil, Rose.

— Maman, il ne fallait pas…

— Dans le garage, c'est moins cosy, c'est sûr. Mais comme ça, pas de grand ménage à faire demain, ajoute la belle-mère d'un air complice.

La porte s'ouvre en grinçant, révélant le frère de Chiara.

— Et voilà Manol ! Nous allons pouvoir trinquer ! s'exclame Henry.

Rose, remontée comme un coucou suisse, ne se laisse pas damer le pion par son mari et élude l'arrivée du retardataire.

— À Chiara et à Max ! hulule-t-elle deux tons trop haut, la gorge serrée par l'afflux d'émotion.

— À Chiara et à Max ! reprend l'assemblée.

César siffle, les doigts dans la bouche, comme Papy Jo le lui a appris récemment, et Charlie, le golden retriever, occupé jusque-là à récupérer les miettes lâchées par le grand-père, se met à aboyer. S'ensuit un léger silence emprunté, de ceux où on ne sait distinguer si l'émotion ou l'embarras prend le dessus. Qui parle ? Que dire ? C'est sans compter Rose, bien décidée à jouer son rôle de metteuse en scène.

— Ça me fait tellement plaisir ! Non, ça nous fait plaisir, dit-elle en embarquant dans son sillage Isabelle, Lou et César.

— Vraiment adorable, maman, bredouille Max.

Il détourne subrepticement la tête vers son épouse pour tenter un aparté tandis que sa mère fonce vers la porte donnant sur l'arrière-cuisine. Chiara se décale légèrement en cachant sa bouche et son envie de rire – ou de pleurer ? – avec sa flûte.

— C'est quoi, ce délire ?

— Je n'en ai pas la moindre idée, siffle Max en continuant de sourire avec les yeux.

Rose réapparaît, rayonnante, poussant devant elle un petit chariot à roulettes surmonté d'une pièce montée au sommet de laquelle deux mariés miniatures plastronnent. Sur une plaque de nougatine, en son centre, un 15 en épaisses lettres de caramel a été soigneusement disposé.

— Et merde, lâche Max.

— Comment on a pu zapper ça... s'étouffe Chiara.

*

Sur la terrasse, une cigarette et deux verres plus tard, Chiara se livre à son amie d'enfance.

— Comment ça, oublié ? demande Lucie, incrédule.

— Black-out total. Enfin, techniquement, on n'y a simplement pas pensé. Entre les enfants, le boulot, et le reste... Je connais la date de notre anniversaire de mariage, tu te doutes bien, mais je ne l'ai pas intégrée à mon planning mental.

— Ton planning mental, sérieux ? Tu t'entends ?

— Max non plus, hein !

— En tout cas, ta belle-mère n'y a vu que du feu.

— Rose… Touchante quand elle n'est pas totalement à côté de la plaque.

— Pourquoi avoir tout installé dans le garage ? C'est d'un sinistre.

— Mais pour ne pas salir, ma chère Lulu ! Rose est pratique et pragmatique.

— C'est pratique, certes, mais glauque, lâche Lucie tout en formant avec sa bouche des ronds de fumée et en pointant du doigt le fond du jardin. Avec le putain de séjour que vous avez… C'est de cette dépendance que parle ton beau-père ?

Chiara sent son estomac se resserrer autour du champagne qu'il contient.

— Henry a abordé le sujet ?

— À qui voulait l'entendre ! Tes beaux-parents, installés à portée de vue et d'oreille ? Vous êtes pas un peu masos ?

— Ne m'en parle pas. Ça a été évoqué une fois à l'apéro et depuis, ils reviennent à la charge. Bah… Max s'en débrouillera.

— Mmmm. C'est moi ou tu es bizarre ?

Chiara hésite un instant. Elles se connaissent depuis le collège. Ensemble, elles ont vécu un certain nombre de péripéties, et le décès de la mère de Chiara, survenu l'année du bac, avait cimenté une amitié déjà solide. À la naissance de Lou, Lucie en est devenue la marraine. Seulement, si fiable et sincère soit-elle, Lucie ne comprendrait pas, en tout cas pas encore, elle qui désespère de tomber sur l'homme de ses rêves, qui sabote ses relations les unes après les autres au prétexte que les papillons des premiers mois désertent trop vite son ventre. Elle qui pourtant évoque régulièrement son désir d'enfant. Et puis, quoi qu'il en soit, Lou et César auront la primeur de l'info.

— Je bosse comme une dingue…

Devant le silence peu dupe de Lucie, Chiara se sent obligée de développer.

— Et je dors tellement mal, si tu savais. Quatre, cinq heures par nuit alors que je suis épuisée.

— Prends des médocs !

— Pas envie.

— Tu vois quelqu'un ?

— Non ! Non ! s'offusque Chiara avant d'intégrer que son amie parle d'un thérapeute.

— Oh toi, tu me caches quelque chose ! s'amuse Lucie en libérant de nouvelles volutes de tabac dans l'air.

— Ne va pas t'imaginer n'importe quoi… Tu sais ce que j'aimerais plus que tout ? Qu'on s'échappe un long week-end, n'importe où. Je m'adapte pour les dates.

Un large sourire vient étirer les lèvres fines de la grande blonde aux ascendances suédoises. Des mois qu'elle tanne Chiara pour partir quelques jours entre copines, ce qui est plus facile à envisager quand on n'a pas d'obligations autres que professionnelles.

— Quand tu veux, ma biche. Vraiment, quand tu veux !

Chiara se félicite intérieurement. Bien sûr qu'elle rêve de partir en vadrouille avec Lucie, comme lorsqu'elles avaient une vingtaine d'années et qu'elles s'envolaient sur un coup de tête pour Rome ou pour Barcelone, mais pour l'heure il est surtout urgent d'éloigner les sujets qui fâchent. Elle observe le terrain, au-delà de la terrasse, respire le parfum des rosiers plantés au fil des années. Tout ça, cette maison de pierre qu'ils ont intégralement rénovée, ce vaste jardin sans vis-à-vis, lui manquera quand il faudra vendre. Car ils n'auront certainement pas d'autre choix que de vendre, non ?

— Vous vous cachiez donc ici ! s'exclame une voix en fendant l'obscurité.

— Rose ! lance Chiara d'un ton volontairement trop enjoué dans le but de faire sourire son amie.

— Henry propose de servir la pièce montée. J'ai horreur de m'occuper de ça, même si j'adore les choux, bien entendu. Mais ce caramel, et la crème... Impossible de ne pas s'en mettre partout. Alors pour une fois qu'il se porte volontaire, je le laisse faire !

Tandis que la lune, bien visible et défiant les prévisions de Météo France, éclaire le visage de sa belle-mère, Chiara sent sa gorge se nouer. C'est un fait, cette fête organisée à leur intention est adorable. Elle a du mal à faire bonne figure et se sent fausse. Savoir que sa belle-mère a tout planifié avec la complicité de Lou et César l'émeut profondément. Bien sûr, Isabelle a dû se charger des petits-fours et autres réjouissances culinaires, mais elle imagine les parents de son mari installer les guirlandes, gonfler les ballons, et ça la bouleverse. Une petite moue de Rose la ramène à la réalité.

— Ne me dis pas que tu refumes !

— Alors je ne vous le dis pas.

Rose soupire mais se retient d'ajouter quoi que ce soit. Voilà, l'instant de grâce n'est déjà plus. Chiara a beaucoup d'affection pour ses beaux-parents mais elle ne supporte pas quand Rose joue les mères de substitution. D'ailleurs, question de loyauté déplacée peut-être, malgré leurs demandes répétées, elle n'est jamais parvenue à tutoyer Rose et Henry. Ils l'ont accueillie dans leur famille avec une chaleur qui ne s'est jamais démentie avec les années, mais parfois cette chaleur devient fournaise.

— J'ai adoré comploter avec les enfants ! Et mon César qui envoyait des messages bourrés de fautes... Cela dit, il a été d'une aide précieuse ! Enfin, heureusement que vous aviez rendez-vous pour ces cours de CrossFit ! Je ne sais pas comment nous aurions fait sinon pour tout installer en douce.

— Des cours de CrossFit ? s'étrangle Lucie.

— Des... cours, oui, répond Chiara avec la sensation de se trouver en combinaison vinyle dans un camp naturiste.

— Je ne connaissais pas l'existence de ce truc, embraye Rose. Les enfants n'avaient pas l'air non plus très informés sur le sujet.

— Max ! Tu tombes bien ! lâche Chiara, soulagée.

La grande carcasse de Max apparaît de façon opportune à l'angle de la terrasse au moment où quelques gouttes s'écrasent sur les dalles de teck. Le quadragénaire passe la main dans son épaisse tignasse et adresse un regard circonspect à sa moitié.

— Pardon ?

— Qu'as-tu pensé de cette salle de CrossFit ?

Quelque part dans son cerveau déjà passablement imbibé d'alcool, une liaison se fait et il hoche bientôt la tête de gauche à droite en pinçant les lèvres.

— Pas pour nous. Mauvaise idée.

— Oui, franchement pas pour nous, abonde Chiara avec assurance.

Elle observe une goutte glisser sur son avant-bras, frissonnant soudain, comme ramenée à la réalité de l'instant qu'ils traversent. Cette soirée, l'annonce à venir, un futur seule.

— Il paraît que les activités de couple sont à la mode. Vous trouverez bien autre chose, décrète Rose.

Chiara s'efforce de ne pas croiser le regard de Lucie et passe le bras sous celui de son mari.

— Avant ça, allons régler son compte à cette pièce montée !

5

L'ambiance est légère, les invités se connaissent bien, à force de se croiser au gré d'anniversaires, de baptêmes et de communions. Diane, la sœur de Max, est venue seule. Quittée récemment par sa compagne, elle a vraisemblablement décidé de noyer son chagrin dans le champagne. Elle se tient à distance de sa mère, avec laquelle elle entretient une relation compliquée, bien loin des liens affectueux qui unissent Max, Rose et Henry. Chiara, qui observe les petits groupes se faire et se défaire dans une harmonie parfaite, a le cœur dans un étau et l'esprit tout occupé à de tristes projections mentales. Elle acquiesce à la leçon de dressage que lui sert son beau-père au fur et à mesure qu'elle lui passe des assiettes. Comment évolueront les amitiés lorsque tous sauront ? Sera-t-elle surprise par les réactions des uns ou des autres ou pourront-ils, comme elle l'espère, compter tous les deux sur leur soutien ? Heureusement, Henry n'a pas besoin que sa belle-fille lui donne un avis sur l'épineuse question du service de la pièce montée.

— L'important, tu vois, c'est de casser le caramel au bon endroit. Sinon, fatalement, on broie les choux. Et au prix des pâtisseries, hein… qui aurait envie de manger de la purée de choux ? Bien sûr, ça aurait le même goût, mais bon sang, un peu de savoir-vivre n'a jamais tué personne !

Chiara fait de la place sur la table et dispose cinq nouvelles assiettes pour gagner du temps. Avisant Max qui part chercher des bouteilles à la cave, elle lui emboîte le pas.

— On a eu chaud, déclare celui-ci une fois assuré qu'ils sont seuls.

— Plus que chaud, oui ! Tu te rends compte qu'on allait annoncer la nouvelle aux enfants pile le jour de nos quinze ans de mariage !

— Psychanalytiquement, c'est chargé, s'amuse-t-il.

— Ça te fait rire ? J'en ai encore des sueurs froides…

— Tant qu'à faire dans la psychanalyse de comptoir, disons que c'est un bel acte manqué.

— Je n'en reviens pas qu'on ait zappé tous les deux.

— J'oublie tous les ans, alors une fois de plus, hein…

— Mais, Max ! C'est la merde ! Ils sont tous venus fêter notre anniversaire de mariage parce qu'on n'a pas été foutus d'en parler avant !

Le père de famille opère une volte-face et pose la main sur l'épaule de sa femme. Il a envie de retourner à la fête.

— Qu'est-ce que tu veux faire ? Un événement en chasse un autre. Dans trois semaines on s'y colle.

— T'es marrant, comme si c'était un détail ! À ce propos, c'était quoi ce délire de CrossFit ? J'ai failli m'étouffer quand ta mère m'a sorti ça !

— Ça va… Je ne me souvenais pas de ce qu'il fallait dire aux enfants pour justifier le rendez-vous avec les avocates. Estéban venait de me parler de CrossFit, donc j'ai dit à Lou qu'on allait visiter une salle.

— Moi ? Du CrossFit ? Tu me fatigues.

— Ça ne lui a pas paru bizarre.

— Tu parles, Lou n'est pas idiote. Elle a dû s'imaginer des choses.

— Faut toujours que tu dramatises. Tu vois, je…

— Dermato, mince ! J'avais dit dermato ! Deux rendez-vous consécutifs, en fin de journée : ça, c'est plausible !

Max lève ostensiblement les yeux au ciel et reprend le chemin du garage. La fête, vite.

— Alors quoi ? insiste Chiara. On joue la comédie ?

Elle voit les épaules de son mari s'affaisser, il supporte de moins en moins sa présence.

— Ça fait des mois qu'on joue la comédie, un soir de plus ou de moins, ça ne changera pas la marche du monde, conclut-il en poursuivant son chemin.

Chiara reste un instant seule et se surprend encore à jouer avec son alliance. Sûrement l'effet du stress. Quels que soient les ouragans ou les tempêtes essuyés par leur couple, ils n'ont jamais rien laissé paraître. Question de survie. Ce soir, elle appréhende le tsunami final, et, malgré tout, elle veut pouvoir compter sur celui qui, pour l'heure, est encore son mari.

6

Aux environs de minuit, César bâille sans discontinuer tandis que le chien dort dans un coin. Dehors, il pleut à verse et, sous le toit mal isolé du garage, on doit forcer la voix pour se faire entendre et couvrir le bruit de la pluie qui martèle les tuiles. Peu importe, finalement, car depuis quatre heures la plupart ont suffisamment bu pour s'exprimer d'un ton plus appuyé. Contrairement à Max qui s'intègre à toutes les discussions, Chiara reste ce soir en léger retrait, ce que ne manquent pas de relever leurs amis. Comme elle l'a dit à Lucie un peu plus tôt, elle incrimine le rythme des journées, la fatigue et le manque de sommeil. Aussitôt, tous minimisent. Elle a vraiment le job de ses rêves. Qui d'autre peut s'en targuer dans l'assemblée ?

Une fois de plus, Chiara saisit à quel point personne ne mesure l'énergie qu'elle met au service de son travail. Après les Beaux-Arts et des années à se chercher, après des mois à parcourir le monde sous couvert de stages et d'expérience, après une multitude d'emplois précaires, elle s'est lancée dans la création de bijoux. Pour ce faire, elle a repris le dessin et suivi un apprentissage long et pénible auprès d'un maître artisan alors que César n'était encore qu'un bébé.

Les faits parlent d'eux-mêmes désormais : sa ligne de bijoux est mise en avant dans des défilés et, très récemment, la révélation féminine de l'année s'est pavanée à Cannes avec à son doigt l'une de ses bagues king-size. Chiara ne ménage pas sa peine, c'est certain, mais elle ne changerait de boulot pour rien au monde. Sa deuxième boutique parisienne à peine ouverte, on lui propose des dépôts à Dubai et à Naples. Tout va même si vite que parfois elle a la sensation de ne pas savourer son succès.

Tandis que la discussion survole justement Cannes et son palmarès, Chiara glisse jusqu'à son père et à son frère, assis dans un coin de la pièce. À les voir tous les deux côte à côte éclairés par une lumière peu flatteuse, elle songe qu'ils ne se sont jamais autant ressemblé. Il y avait deux binômes dans leur famille. Son père et son frère d'un côté, sa mère et elle de l'autre. Quand cette dernière est décédée, Chiara s'était sentie doublement esseulée et son deuil n'en avait été que plus douloureux. Machinalement, elle porte son verre à ses lèvres mais le champagne a un goût particulièrement amer ce soir.

— Eh bien ! Tu rêves, ma grande ? plaisante son père.

— T'es flippante à nous dévisager comme ça ! renchérit Manol.

Chiara sourit, pas question de leur livrer le fond de sa pensée. Elle agite sa flûte en levant les yeux au ciel, mettant son trouble sur le compte de la boisson, et vient s'asseoir près d'eux sur une chaise libre.

— Vous êtes au spectacle ? On dirait les vieux du *Muppet Show*.

— C'est un peu ça !

— Manol vient de m'annoncer son départ pour le Kenya, mais tu devais être au courant ?

Chiara se compose un sourire en se tournant vers frère.

— Figure-toi que non… Et tu es content ?

— Plutôt, oui. Je vais couvrir la campagne et l'élection présidentielle pendant six mois.

— À peine quelques semaines en France et déjà la bougeotte…

— Ça doit être ça, répond Manol en ébouriffant ses cheveux mi-longs. Que veux-tu, papa, je ne changerai plus à mon âge.

— Ça te fait combien, là ? demande Joseph sans se sentir honteux de ne pas se souvenir des dates de naissance de ses enfants.

— Quarante, mon vieux… Quarante.

— Quarante et toujours pas casé ! ajoute Joseph en donnant un petit coup de coude à son fils.

— Pas que je sache, en tout cas ! Heureusement que tu peux compter sur ta grande fille pour cocher toutes les cases.

Chiara ne dit rien et ravale sa rancœur en silence. Elle aime son frère même s'il joue depuis toujours la carte du valet de pique. Libre et nonchalant, raillant souvent la sagesse d'une sœur qu'il est bien content de trouver pour ce qui est du maintien d'une unité familiale. Mais l'heure n'est pas aux reproches puisqu'elle est à la fête. La petite brune se demande quelle tête fera son cadet en apprenant le divorce. Facile d'être sans attaches lorsqu'il y a toujours chez sa frangine une chambre prête à accueillir son barda ! Elle regrette que Manol ne lui fasse pas sentir qu'elle est plus indispensable que d'autres. Elle aurait aimé que dure la complicité qu'ils partageaient enfants, du temps où ils étaient inséparables.

Chiara suit le regard de son père. Il sourit en considérant César, endormi contre le gros chien. Qu'est-ce qu'ils s'aiment, ces deux-là… À cette vision, elle éprouve une sensation de réconfort incongrue : elle n'aura peut-être les enfants qu'une semaine sur deux mais elle aura le chien à demeure, et c'est toujours ça. Lou, l'air absent, est perchée sur le gros meuble dans lequel sont rangées les chaussures. Elle fixe son téléphone, hypnotisée, le visage inondé par le bleuté que projette l'écran. Collée contre elle se trouve Anna, la fille de Paul et d'Isa. Max et elle ont commencé à fréquenter le couple quand les filles sont devenues inséparables.

— Bon, c'est qu'il se fait tard pour les enfants, commente Joseph.

— Dis plutôt que tu rêves d'aller retrouver ton lit ! rétorque Manol.

— Mon Dieu oui, d'habitude je me couche avec les poules !

— J'ai l'impression que ça n'est pas le cas de tout le monde...

D'un mouvement de tête, Chiara désigne Max, Paul et Estéban qui refont le monde. Rose et Henry discutent de leur côté avec Isabelle et Lucie. Diane, quant à elle, sommeille dans un coin d'une façon qu'elle imagine discrète. Mélanie, absente depuis un moment, réapparaît avec un téléphone à la main.

— Je vais coucher César, décide Chiara en se levant de sa chaise.

— Tout doux, ma grande, les festivités n'ont pas touché à leur fin, déclare Joseph avec un petit sourire.

Au moment où elle tourne vers son père une mine interrogatrice, Rose se met à battre des mains. Les regards de Max et Chiara, empreints d'angoisse, se croisent aussitôt. S'ils ont tenu bon jusque-là, ils redoutent ce qui va advenir. Estéban, Paul et Lucie commencent à scander « Le cadeau ! Le cadeau ! », et César ouvre un œil en même temps que le chien. Le jeune garçon ensommeillé file vers une étagère du garage et extirpe de derrière les boîtes de rangement un tube en carton, de ceux qui servent à transporter des affiches.

— Mettez-vous là, tous les deux ! ordonne Rose.

La grand-mère, galvanisée par les chants, les emmène au centre de la pièce. Le couple obéit, pendant que Chiara se remémore les heures qu'ont passé dernièrement César et Lou cloîtrés dans la chambre de celle-ci. L'adolescente rejoint d'ailleurs son frère, bien réveillé cette fois, sans qu'on le lui demande. D'un geste commun, les enfants tendent le tube cartonné à leurs parents.

— Tu filmes, Henry ?

— Bien sûr que je filme ! Tu me prends pour qui ?

Max et Chiara se tiennent serrés l'un contre l'autre, au centre d'un cercle hilare et bruyant. Quelque chose cloche. Il y a bien des bouquets de fleurs et des bouteilles de vin posés sur les tables, mais Rose, qui d'habitude se charge d'un présent invariablement cher, moche et volumineux, semble cette fois s'être curieusement abstenue.

— Tenez ! lâche un César désormais surexcité.

— À toi l'honneur, souffle Max à sa femme.

Chiara se lance, la peur au ventre. Elle redoute une folie, et plus que tout appréhende que celle-ci ait un lien avec l'installation de ses beaux-parents dans la dépendance, Rose en serait capable. Elle ôte le bouchon blanc et fait glisser hors du tube ce qui s'apparente à une grande feuille à dessin. Il s'agit d'un arbre généalogique, entièrement dessiné et illustré par Lou et César.

— On pourra le faire encadrer ? propose timidement Lou.

Max et Chiara ont les larmes aux yeux à la vue de cette attention. Cette symbolique, à ce moment précis de leurs vies, c'est tout bonnement trop d'émotions. Sous l'effet d'un courant d'air, la porte du garage s'ouvre, invitant dans la pièce une odeur d'herbe mouillée, les senteurs de la pluie après une période de sécheresse. L'odeur de l'orage. Le cœur de Chiara double un battement.

— C'est si gentil, mes amours, murmure Max en étreignant les enfants.

— Vraiment sublime… Merci du fond du cœur.

— Attention à l'enveloppe ! Ils marchent sur l'enveloppe ! braille Isabelle en se ruant sur le pied de Max, qui effectivement piétine un petit rectangle brun.

Le soulagement qui avait gagné Chiara s'évapore aussitôt. Elle jette un coup d'œil à Rose, dont le visage est monté de plusieurs tons dans le nuancier pantone et flirte avec un rose pivoine qui n'est pas du meilleur effet.

— Qu'est-ce que… tente Max en se baissant.

Mais déjà Paul a attrapé l'enveloppe et s'emploie à la frotter sur son polo pour en ôter marques et poussière.

— On voit que c'est pas toi qui fais la lessive ! râle Isabelle.

Rose, qui ne goûte pas l'idée d'un esclandre, reprend les choses en main. Hors de question de gâcher l'instant.

— Vous ne pensiez tout de même pas n'avoir qu'un dessin pour cadeau !

— Il est magnifique, votre arbre généalogique, les enfants, glisse Chiara.

— Mais bien sûr qu'il est magnifique ! Enfin, tu vois ce que je veux dire…

— Que tu n'as pas le moindre tact, ma Rosie, propose Henry.

— Parce que tu t'es occupé de quelque chose, peut-être ?

— Bon, eh bien, voilà… C'est de la part de nous tous, intervient Isabelle.

Chiara voudrait sincèrement sourire, mais elle a peur. Peur de ce qui les attend, et plus encore de ne pas parvenir à jouer la comédie du bonheur plus longtemps. Elle y met toute son énergie, consciente, pourtant, que sa crispation est visible, qu'un sourire étire ses lèvres de façon totalement mécanique.

— C'est vraiment adorable, affirme Max.

— Attends, avant de nous remercier ! Tu ne sais pas encore de quoi il s'agit ! plaisante Estéban en renversant une partie de son verre sur le sol.

Mélanie, sa femme, lui coule un regard plein de mépris qui n'échappe à personne. Depuis le début, elle assiste à la soirée d'un air peu concerné, comme si se trouver là relevait de la corvée.

De son côté, Max cherche du soutien dans les yeux de Chiara. Tous deux se connaissent par cœur, et le quadragénaire saisit seulement à cet instant que la comédie de quelques semaines qu'il a proposé de maintenir se révèle peut-être plus difficile à jouer qu'il ne l'imaginait. Chiara, toujours à demi présente mentalement, espère : un abonnement au théâtre, un massage en duo… ça passerait encore.

— C'est une folie ! s'exclame Max en découvrant le contenu de l'enveloppe.

Chiara sent la panique gagner chacun de ses organes. Elle n'a pas encore osé lire, mais le visage empourpré de son mari met ses sens en alerte maximale.

— Regarde, murmure-t-il en lui fichant la carte sous le nez.

— Non !

— Quoi, non ?

— C'est beaucoup trop ! dit-elle avec une réaction démesurée. Un séjour à New York ?!

— Vous allez profiter ! Un peu de temps pour vous ! Une semaine, exulte Rose.

— C'est hors de question, riposte Chiara.

— Comment ça ?

— On ne peut pas accepter. N'est-ce pas, Max, qu'on ne peut pas accepter !

Max se tortille sur place, dansant d'un pied sur l'autre.

— Franchement, c'est trop, oui…

— Allons, ne dites pas de bêtises ! renchérit Rose. Ça fait des années que Chiara organise soirées et anniversaires. Toujours une pensée, un cadeau, une attention pour les uns et les autres !

— C'est comme ça et puis c'est tout ! coupe Joseph que tous ces atermoiements fatiguent et qui ne rêve que de son lit. Isabelle s'est occupée de réserver l'hôtel et les billets d'avion, vous allez être bien ! En plus, Manol a eu l'idée d'une « petite touche fun ».

— On a pris l'option, alors ? demande Henry, plus tellement au fait des choses.

— Bien sûr qu'on l'a prise ! lui répond Isabelle.

— Parce que, pardon, mais j'ai trouvé que ton ami ne se servait pas avec le dos de la cuillère, ajoute le grand-père, visiblement éméché, à l'intention de Manol.

— Henry ! Ça va bien, oui !

— Pardon, pardon : c'est très original et comme ça on sera un peu avec vous !

— Manol ? s'étonne Chiara. Je crains le pire.

Max est pris d'un fou rire, qui, a minima, a le mérite d'alléger l'atmosphère pesante qui s'est installée depuis le refus un peu trop en bloc de sa femme. Dans l'onde nerveuse qui secoue l'assemblée joyeuse et avinée, Chiara et Max communiquent sans parler. Parce qu'ils en ont le pouvoir, bien sûr. Quinze ans de vie commune confèrent quelques avantages, eux-mêmes confinant au surnaturel. Les yeux clairs de Max hurlent : « Quoi ? Quoi ? Quoi ? Tu comptes faire comment, petite maligne ? On est coincés ! » tandis que les iris de Chiara pétillent d'un stress et d'une urgence qui signifient : « T'es pas sérieux ? Ils se sont saignés, on ne va pas se barrer à New York en faisant comme si de rien n'était ! » L'échange ne dure que quelques nanosecondes, mais suffit à dresser un constat et donc à adopter une réaction commune, comme si à ce moment leurs deux cœurs battaient encore à l'unisson : la messe est dite.

Dehors, le tonnerre gronde franchement, Météo France ne s'est finalement pas trompé. La pluie tombe dru désormais, il fait sombre et la température a chuté de quelques degrés, mais au cœur de la soirée, les âmes des invités sont gaies et légères. Alors, Chiara s'arme de sa plus jolie voix flûtée – celle-là même qui fait tiquer Joseph, car pour le vieux papa, si difficile soit-il de cerner sa fille, il sait d'instinct que quelque chose cloche – et elle s'emploie à remercier famille et amis, avant de se remémorer « l'option Manol ».

— Et… on peut savoir en quoi consiste la « petite touche fun » ?

Manol s'étire nonchalamment avant d'allumer une cigarette sous l'œil épouvanté de Rose.

— J'ai un pote, là-bas, qui lance sa boîte d'événementiel.

— D'événementiel ? répète Max en fronçant les sourcils.

— Il a arrêté le reportage. Il fait des films souvenirs, en fait, ça rapporte plus, lâche-t-il d'un ton où on ne sait distinguer l'aigreur du jugement.

— Ce que veut dire Manol, c'est que des souvenirs vidéo nous seront transmis quasi en temps réel ! s'exclame Rose aussi réjouie à cette idée qu'un dermatologue découvrant un furoncle hors norme à malmener.

— V... vidéo ? interroge Chiara, à nouveau en manque d'oxygène.

— Ne t'inquiète pas, bichette, juste les moments sympas ! Trois séquences : le survol de Manhattan en hélico, la statue de la Liberté et Ellis Island, et puis l'Empire State Building, évidemment... Les grands classiques quoi, explique Isa.

Elle sort d'un sac *Le Routard* de l'année, une pochette contenant les billets et la réservation de l'hôtel, et tend le tout à Max. Derrière eux, quelqu'un lance « New York avec toi » sur l'enceinte portative, les faisant tous sursauter.

— Quand je pense que vous n'êtes jamais allés à New York ! On a tellement aimé, pas vrai, Paul ?

— Oui, vous allez vous régaler !

— C'est une idée des enfants, vous savez !

— C'est original, ces vidéos, souligne Max, en panne de réaction.

— Très original, oui, appuie Chiara en fixant toujours la petite carte cadeau vraisemblablement calligraphiée par Rose.

Elle la presse si fort que ses pouces déforment en deux points ronds le bristol ivoire.

7

NEW YORK

Passé les formalités administratives de l'aéroport JFK, Chiara et Max sont montés dans l'un des emblématiques taxis jaunes. Sans échanger plus de mots que durant le vol, ils pénètrent dans le hall de leur hôtel situé à TriBeCa, poussant devant eux des valises à roulettes assorties. Chiara, depuis l'annonce du voyage, est devenue moins bavarde, s'en tenant au minimum syndical et réservant sa bonne humeur aux enfants. Max a respecté son silence, il comprend le trouble dans lequel se trouve sa femme. À titre personnel il se persuade, encore et toujours, qu'ils n'ont pas eu d'autre choix que de partir.

La chambre est petite mais somptueuse. De lourds rideaux en velours bleu marine sont assortis au dessus de lit et à la moquette, tout aussi moelleuse. Un immense miroir au cadre doré fait face à la porte et, sur la table basse encadrée de deux fauteuils modernes, un énorme bouquet de fleurs a été placé à leur intention. Aucun doute là-dessus : ils se sont tous saignés. Même César a avoué avoir participé à la cagnotte. Il a fortement insisté pour que son adolescente de sœur en fasse de même. Réticente, après tout elle n'avait rien demandé, Lou a fait don d'un billet de dix euros en râlant allégrement. Sacrée Lou, aussi généreuse qu'égoïste, aussi bavarde qu'introvertie. L'adolescence, en somme, avec ce que cela suggère d'ambivalence. Elle possède un regard si affûté sur le monde que Chiara se demande si elle n'a pas saisi que le sien allait bientôt s'ouvrir sous ses pieds…

Chiara s'assoit sur le lit et attrape le guide en anglais qui trône sur la table de chevet, à côté de confiseries et d'une bouteille de bienvenue. Tout a été planifié : de la gestion de leurs agendas aux obligations moins professionnelles en passant par la garde des enfants ; Rose et Isabelle ont pensé au moindre détail en les assurant qu'ils ne seraient dérangés sous aucun prétexte. Estéban, l'associé de Max, gérera durant la semaine les urgences de travail. Pour ce qui est de l'activité de Chiara, Anita, son bras droit, avait été mise dans la confidence et s'était proposé de faire de même.

Voilà trois jours que la fête a eu lieu et déjà ils sont de l'autre côté de l'Atlantique. Chiara passe en revue les détails de la chambre, Isa lui a répété une bonne demi-douzaine de fois à quel point leur propre séjour l'année passée y avait été incroyable. Quelle merde, mais quelle merde…

— Tu prends ce côté ?

Elle sursaute, comme surprise de le trouver là.

— Comme tu veux. Je m'en fous, en fait. On verra ce soir ?

Max pose sa valise sur le lit et entreprend de la vider.

— Sérieusement, Max ! C'est dégueu !

— Qu'est-ce que j'ai fait encore ?

— Ta valise ! Il n'y a rien de plus sale qu'une valise ! Les trottoirs, les soutes, les coffres, franchement... En plus, il y a ce truc, là. C'est fait exprès, siffle-t-elle en désignant le support à bagages coincé entre un petit bureau et la fenêtre.

Max stoppe son geste et, irrité, replace la valise sur la moquette. Il s'allonge sur le lit en mettant ses bras derrière sa tête.

— J'ai l'impression que tu me tiens pour responsable de cette situation. Je te ferai dire que je suis exactement dans la même position que toi.

Chiara s'allonge à son tour et concentre son regard sur une mince et longue fissure qui chemine au plafond.

— Je sais bien... mais je me sens mal.

— C'est un traquenard, c'est vrai, mais crois-moi, le mieux était encore de partir.

Il pivote sur le côté, calant maintenant sa tête dans une de ses larges paumes.

— Cinq jours sur place ! C'est pas la mort, quand même...

— Bien sûr que ce n'est pas la mort. En France ou ailleurs, ce serait la même chose, mais j'assume moyennement.

— Ça, j'ai bien compris. Mais quitte à être là, autant éviter que ça vire au règlement de comptes, OK ?

Chiara regarde dans le vide, avant de porter son regard sur ses avant-bras. Elle a la chair de poule, la faute à la climatisation sans doute. Cette peau que plus personne d'autre que ses enfants ne touche. Son esprit s'égare entre ses poils hérissés, la chair tendue, et divague jusqu'aux fiches bristol que petite elle noircissait de souhaits et d'aspirations. Être heureuse, voyager, se marier, avoir des enfants et un métier passionnant. Bientôt il faudra rayer mentalement une ligne. Bientôt, il faudra refaire le point sur la suite, rajouter des tirets et de nouveaux objectifs de vie. Elle n'est plus amoureuse de Max et pourtant l'idée de tirer un trait sur la mention mariage lui fait mal. Le divorce est-il fatalement un constat d'échec ? Peu à peu, à la faveur d'un robinet qui goutte dans la salle de bains, elle regagne la chambre et la situation. Max, habitué à ses silences, semble patienter, peut-être lui aussi perdu dans les profondeurs de ses pensées.

— Vendu, lâche Chiara.

8

LA ROCHELLE, QUINZE ANS PLUS TÔT

Chiara vient de rentrer en France. Pendant quatre ans, elle a vadrouillé à travers le monde pour se trouver. Ou fuir, difficile à dire. Les deux, très certainement. Direction l'Australie, la Nouvelle-Zélande, l'Inde et le Mexique, pour finir. Au commencement, une enfance et une adolescence passées dans une famille unie, un environnement qu'on qualifierait de privilégié, puis la vie qui implose. Une fois son cursus post-bac terminé, elle a pris la poudre d'escampette. Là-bas, loin, l'absence de sa mère se faisait encore sentir, mais différemment, lui tenant compagnie sans plus donner la sensation d'être un poids. Dans ces endroits exotiques et parfois difficiles, Chiara est parvenue à réfléchir posément, réussissant à analyser la maladie et les derniers mois de la vie de sa mère plus sereinement. Il est toujours trop tôt pour perdre un parent, mais, à dix-huit ans, c'est perdre subitement toute insouciance. Au lendemain de l'enterrement, à peine le bac en poche, il avait fallu composer avec un père qui traînait sa tristesse dans chaque recoin de l'appartement et un frère aux prises avec une puberté carabinée, crise adolescente assortie. Elle avait pris les rênes et tenu la famille à bout de bras. Contrôler pour ne pas sombrer.

Heureusement il y eut le dossier aux Beaux-Arts validé, malgré un bac approximatif et un comportement souvent pointé du doigt. Heureusement, il y eut Lucie, indéfectible complice à l'épreuve des ans, présente pour tendre la boîte de mouchoirs ou inciter son amie à sortir dans des soirées aussi conceptuelles que variées. Heureusement, il y eut la musique, aussi, les petits groupes dans des bars enfumés ou bien des monstres du rock sur des scènes mythiques. Tout l'argent que Chiara gagnait en donnant des cours du soir à des adolescents peu concernés passait en concerts. C'est donc tout naturellement que, au retour de son long périple, Chiara a retrouvé le chemin des festivals.

Durant ces années à l'étranger, elle a enchaîné tout un tas de boulots précaires. Serveuse, cueilleuse de maïs, caissière, nounou, pet-sitter et même guide touristique. Bien sûr, elle est revenue, mais de loin en loin, de moins en moins, et les relations avec son père et son frère ont changé. Plus intenses lors des retrouvailles, mais tâtonnantes, emplies d'une certaine gêne et de la pudeur des non-dits, du poids des faits : elle était partie, les abandonnant à leur sort. Elle sait qu'ils lui en ont voulu, qu'ils s'attendaient sans doute à ce qu'elle continue de tenir leur quotidien coûte que coûte. Elle avait écouté son corps qui, via migraines, vertiges et douleurs articulaires, lui enjoignait de fuir. Elle allait marcher, respirer et vivre, mais ailleurs.

Maxime, Max pour le tout-venant, a grandi au sein d'un foyer classique, à ceci près que pourvu d'une mère un tantinet castratrice. Son père et son grand-père lui ayant tracé cette route, il a suivi une formation d'ingénieur. Sa bande d'amis a peu changé depuis, Estéban en constituant le socle, le fondement. Max aborde l'existence avec enthousiasme et on peut dire que la vie lui sourit. Il ajoute à ses capacités une pincée d'opportunisme lorsque cela est nécessaire et, ainsi, les planètes s'alignent pour lui à un rythme satisfaisant et suffisamment régulier pour qu'il soit heureux et réussisse. Depuis la fin de ses études, il a changé deux fois de boîte et ambitionne maintenant de se joindre au projet qu'Estéban planifie de longue date. Avant ça, il aimerait voir du pays, enfin c'est ce qu'il pense. À l'occasion, en s'endormant, il se dit qu'il bourlinguerait bien un peu, histoire de gagner en expérience. Pourtant il a toujours refusé les occasions qui auraient pu le conduire ne serait-ce qu'à Londres, Madrid ou Bruxelles… Diane, sa petite sœur plus affirmée, le chambre régulièrement à ce sujet. Il serait épouvantablement conventionnel. Diane peut bien penser ce qu'elle veut, lui est persuadé que sa frangine, depuis son coming-out, se sent obligée de se démarquer sur tous les sujets. Constamment en guerre contre leurs parents qu'elle paraît décevoir par ses choix de vie, mais pas plus gênée que ça aux entournures quand il s'agit de leur taper quelques centaines d'euros par mois.

Pour le moment, Max papillonne. Il s'est installé un temps avec une fille, élève de l'école d'ingénieurs tout comme lui, mais le quotidien s'est vite révélé pesant. Il fait des rencontres, sans les provoquer plus que cela pour autant. Le futur, le véritable futur – celui qui établit durablement –, ne l'inquiète pas, il n'est pas même encore visible à son horizon.

Il ne fréquente pas vraiment les salles de concert mais, ce soir, ses amis de l'école l'ont traîné à La Rochelle. Les fortifications, les rues piétonnes, l'île de Ré à portée de vue, dans laquelle justement ils squattent la maison de vacances des parents de l'un d'eux. C'est l'été, ils sont jeunes, et puisque leurs vacances se déroulent au moment du festival, ils enchaînent les bières en écoutant ce qui se fait de mieux question scène musicale actuelle. Lui ne connaît pas ces nouveaux groupes, un peu mieux les plus relayés. Max a grandi au son des Stones, des Doors, des Eagles et de Jimmie Hendrix, les idoles de son père. Quand les premières notes de « Wild Horses » s'élèvent, il est tout étonné de pouvoir entonner les paroles et de joindre sa voix à celles des autres. Des frissons l'envahissent de la nuque jusqu'aux tempes, même les poils de ses avant-bras se hérissent. Il ne saurait dire pourquoi cette chanson l'a toujours ému. Enfant, il était envoûté par la mélodie et le timbre du chanteur ; ensuite, bien sûr, il a vaguement saisi le sens des paroles ; ce soir, le texte prend une tournure toute différente. Il faut dire que le guitariste est vraiment bon. Max lève le nez de la scène et de la fosse, le ciel est d'encre, orageux. Une alerte a été lancée par les autorités et les organisateurs l'ont rappelé au début de la soirée : risque élevé de phénomènes météorologiques de forte amplitude. Oui, il y a un je ne sais quoi dans l'air. Peu importent ses potes, qui dansent en renversant leurs bières, peu importe l'orage qui menace, ou le déluge qui se déversera à coup sûr sur les centaines de festivaliers concentrés. « Wild horses, couldn't drag me away. » Aucun élément ne l'empêchera de vivre ce moment intense. Au loin, le tonnerre gronde, mais rien ne fera obstacle à ce frisson qu'il pressent. Il aime l'orage, entendre la pluie tomber à verse et sentir sur sa peau les assauts du vent. Quand toutes les conditions sont réunies, que tous ses sens sont sollicités, il se sent vivant.

Tandis que le batteur caresse cymbales et charleston, qu'il frappe la grosse caisse, le regard de Max se pose sur une petite brune qui se tient à quelques mètres de lui. Elle tangue en cadence, imperméable aux autres. Son corps ondule, en connexion totale avec la mélodie, sans doute traversée comme lui par la saturation des instruments. Elle semble seule au milieu de tous, indifférente à ce qui l'entoure. Pas très grande, une frange insolente, des joues rebondies ornées de fossettes et les iris noirs. Max tout à coup l'envie, car l'évidence le frappe : cette fille est heureuse et ça crève les yeux. Elle est simplement là. Il y a fort à parier que son esprit ne divague pas vers de quelconques risques météorologiques ou vers un retour de nuit jusqu'à l'île de Ré. Pendant que ses yeux, sans cesse, retrouvent la jeune femme, Max se pose soudain mille questions, sur la vie, son sens, et ce qu'il en fait, surtout. Il observe les amis de la jeune femme, si différents des siens, tous issus du même moule, polos, petites coupes proprettes et baskets si similaires qu'elles paraissent avoir été achetées en gros.

Max sourit bêtement, ne prend pas conscience qu'il commence à pleuvoir ou que le groupe a embrayé sur un autre classique du rock. Tiens, il a migré de son point de départ. La foule l'a peu à peu poussé de sa place initiale, à moins qu'il n'ait été aimanté par cette fille qui ne ressemble à nulle autre. Soudain, celle-ci pivote en lui décochant un sourire qui l'atteint en pleine poitrine. Et ce sourire dure, dure, comme si elle l'adressait à une figure connue, un parent, un ami. Max, tétanisé, ne comprend pas l'état de transe dans lequel il s'enfonce. Il n'a pas la notice, plus réellement de repères et, alors qu'il voudrait, par pudeur, détourner le regard, il en est incapable. Bientôt, il n'est plus question de gouttes éparses, une pluie drue s'abat sur les spectateurs. Il y a ceux qui fuient sans demander leur reste, ceux, prévoyants, qui s'abritent sous des parapluies de toutes tailles et de toutes couleurs, et les inconscients mâtinés de courage qui n'ont pas fini d'en découdre, car la fête se poursuit bel et bien. C'est une averse bienvenue, pourtant, un mois qu'il n'est pas tombé une goutte d'eau ici, comme partout en France. C'est à n'en pas douter pour cette raison qu'elle danse, les paupières closes et les bras ouverts, comme offerte aux éléments.

Max n'est plus en mesure de suivre ses amis qui se sont massés près de l'une des buvettes abritées. Il est planté, les pieds enfoncés dans le sol, fasciné par celle dont il ne connaît encore rien mais dont il voudrait étudier les moindres détails. Elle tourne en rythme, sans se départir de son sourire qui crie son bien-être. De temps à autre, au hasard d'un mouvement de tête, elle considère Max brièvement, elle aussi. La pluie s'intensifie, le ciel d'été s'est encore assombri, pas de doute, l'orage n'est plus loin. Dans le vent qui se lève, elle tangue. Le groupe, visiblement inspiré par l'apocalypse à venir, improvise sur « Riders on the Storm », pour la plus grande joie des résistants. Elle lève les bras au ciel de contentement avant de faire volte-face puis d'entraîner Max dans un pas de danse improvisé. Il n'a pas le temps de penser qu'il déteste danser ou qu'il ne va pas manquer de se ridiculiser. Pas le temps de saisir que ses potes sont hilares, un peu plus loin. Pas le temps puisqu'il est hors du temps, justement. Pour une fois. Simplement là, sans ressentir la nécessité ou l'envie d'analyser la situation. Les organisateurs annoncent l'interruption du concert. Des éclairs zèbrent le ciel dantesque et la foule continue de se disperser en évitant des flaques déjà importantes. Les amis de la jeune femme l'interpellent mais elle fait la sourde oreille. Bientôt, ils ne sont qu'une cinquantaine dans la fosse privée de musique. Le vacarme de la pluie, les coups de tonnerre et les cris déchirants des éclairs ont remplacé les instruments. Elle et Max tournent encore quand un videur leur ordonne de filer. Leurs doigts sont entremêlés et Max se dit que cette fille a déjà vécu mille vies, il le perçoit dans ce contact. Dans ses grandes paumes, ses doigts sont fins et fragiles, délicats. Comme perdus. Elle est unique et une chose est certaine, jusque-là il n'a eu affaire qu'à ses succédanés.

— J'ai toujours aimé les orages, annonce Chiara en se dégageant doucement du torse de Max.

Il n'imaginait pas sa voix, mais elle est encore mieux. Il ne se figurait pas les mimiques formées par sa bouche ou la fossette qui se creuse un peu plus sur sa joue droite, mais elles surpassent ce qu'il aurait osé espérer.

— Toi aussi ?

Max redescend enfin, ses amis ne sont plus là. À dire vrai il n'y a plus que des bénévoles et des techniciens qui s'activent à protéger ce qui craint la pluie. Il est trempé jusqu'aux os. Il pourrait faire cent degrés de plus ou de moins que cela ne changerait rien.

Il n'ose parler de peur de briser le charme, de rompre l'absolu idéal de la situation. Chiara, qui ne semble pas s'offusquer de ce silence, noue ses cheveux mouillés en une queue de cheval dégoulinante.

— Tu... tu n'as pas froid ? demande-t-il enfin, avant de se mordre la joue devant l'affligeante banalité qu'il vient de prononcer.

Alors que les projecteurs achèvent de s'éteindre, Chiara plante des yeux noirs dans les siens et sourit une fois encore sans répondre pour autant. À la sortie du festival, sans transition, elle entreprend de s'éloigner quand Max décide de se lancer.

— Attends...

Le visage de Chiara est tourné vers le ciel, là où crépitent les éclairs en rafales.

— Oui ? répond-elle sans bouger d'un millimètre.

— Moi aussi, j'adore l'orage.

— C'est vrai ?

— Oui. L'orage, la grêle, la pluie, le vent. Tout.

— Tout ? s'amuse Chiara, en l'observant cette fois.

— Tout, répond-il gravement.

— Cool.

— Oui... cool.

La pluie tombe plus calmement, l'orage s'est éloigné en direction de l'océan. Un silence ourlé d'eau, aérien, s'installe paisiblement tandis que tous deux prennent place sous une arcade. Quelque part sur un balcon, une guitare acoustique se fraye une place entre le discret martèlement des gouttes sur le sol et ils l'écoutent religieusement.

— Je vais y aller, finit par dire Chiara.

Max panique. Il ne sait pas quoi faire, ni pourquoi ce qu'il ressent est à ce point impétueux, mais il lui semble inconcevable de laisser partir cette fille sans avoir l'assurance de la revoir.

— Reste, s'il te plaît.

Chiara garde le silence. Elle paraît attendre quelque chose, elle aussi, il ne peut se méprendre à ce point.

— C'était... enfin, c'est...

— Magique ? propose Chiara.

— Oui, voilà, quelque chose comme ça.

— Tu sais, il va falloir que je rejoigne mes potes, s'excuse-t-elle.

— Et moi, les miens... s'ils n'ont pas déjà pris la route. Au fait, moi, c'est Max.

— Et moi Chiara. J'aime bien Max, ça sonne bien.

— Chiara, c'est magnifique.

— Max et Chiara, répète-t-elle, pensive, en sortant son téléphone de la poche revolver de son jean.

— Max et Chiara, répète-t-il, interdit.

— On me cherche... dit-elle en dénonçant son appareil.

— Je ne peux pas te laisser partir comme ça. Donne-moi au moins ton numéro ?

— Pourquoi je ferais ça, dis-moi ?

— Parce que… sinon, je crois que je serais bien capable de te demander en mariage, là, tout de suite.

— Ne dis pas n'importe quoi ! s'esclaffe-t-elle.

Max passe la main dans sa tignasse trempée.

— Je crois que je le pense.

— Quand on fait une demande en mariage, il n'est pas question de croire, mais d'être absolument certain !

— Je sais que nous nous marierons un jour.

Chiara scrute gravement le visage de cet homme sorti de nulle part et qui trouble tout son être.

— Fais attention à ce que tu dis. Personnellement, je tiens toujours mes promesses…

— Alors nous nous marierons. Un jour d'orage. C'est dit.

Lentement, à court de mots, tandis qu'à cinq cents mètres la foudre s'abat sur le paratonnerre de la tour de la Lanterne, Chiara et Max s'embrassent pour la première fois.

9

NEW YORK

Façades de briques et escaliers de service à perte de vue, le dépaysement est total. Max et Chiara déambulent dans les rues attenantes à l'hôtel, l'esprit et le corps englués par le voyage. Il y a ces feux tricolores gigantesques qui pendent au-dessus des boulevards, eux-mêmes ornés d'une multitude de panneaux publicitaires. Les taxis jaunes circulent tranquillement grâce à la fluidité momentanée de la circulation. Il y a ces rues formant un parfait quadrillage. Comme ils auraient aimé, en d'autres circonstances, en d'autres temps, se trouver là main dans la main. Mais, aux lointaines vacances à l'étranger, ils ont toujours privilégié les séjours entre amis. La Drôme, le Périgord et le Pays basque, des lieux se trouvant en des points stratégiques vers lesquels leurs proches pouvaient converger. Depuis que Lou et Anna se sont liés d'amitié en maternelle, ils se sont beaucoup rapprochés de Paul et d'Isa et, de fait, chaque été, une quinzaine de jours durant, les deux familles partagent la location d'une grande maison capable d'accueillir les amis des uns et des autres. Henry et Rose compris, bien entendu, qui ne manquent jamais de passer dans les parages par le plus grand des hasards. Ils s'incrustent toujours quand Joseph, lui, est plus solitaire.

Il est bien trop tôt pour jouer les touristes, les artères de la ville, bientôt pleines de leur fourmillement habituel, commencent tout juste à s'éveiller. Les travailleurs de nuit qui quittent leurs postes, les commerçants qui préparent l'ouverture de leurs boutiques ; seuls les voyageurs ayant transité par différents fuseaux horaires bravent les reliques de brume du petit matin, gonflées par les souffleries d'air conditionné.

— Tu veux essayer de dormir ? demande Max.

— Je serais incapable de fermer l'œil.

— Alors un petit déj ?

Chiara se contente de hausser les épaules et Max se place devant elle, la forçant à stopper sa progression.

— Ça va être intenable si tu ne fais pas un minimum d'efforts.

Elle l'observe longuement avant de baisser les yeux. Elle a vraiment du mal à réaliser qu'ils se trouvent à des milliers de kilomètres de leurs vies. Quelle ironie d'être en un tête-à-tête forcé au moment où il faudrait organiser la séparation.

— Tu as raison.

— Ah ! Je préfère ! Ici ? enchaîne Max en désignant un café.

— Attends… J'ai envie d'aller jusqu'à la berge.
— Battery Park ?
— Oui, tant qu'il n'y a personne.
— Aucun problème, répond-il en laissant derrière lui la vitrine surchargée de beignets.

Les jambes lourdes de la fatigue du voyage, ils échouent sur un banc trente minutes plus tard. Chiara savoure enfin. C'est de cette zone que partent la plupart des navettes pour Ellis Island, tout comme celles qui feront bientôt la ronde autour de la statue de la Liberté. Au loin, enveloppée de brume, on devine l'icône de métal.

— Très cinématographique, commente Max en considérant la baie.

La grande dame s'élance, grise et luisante, contre le ciel encore pas bien décidé. Près d'eux un homme sans âge, de petite taille, les cheveux d'un blanc albinos, le teint pâle jusqu'à la transparence, écrase posément des croûtons de pain à l'aide de son talon. Les oiseaux, en regard, paraissent excessivement vivants, tandis que chaque geste du vieux semble mesuré par souci d'économie. Lorsqu'il estime que les fragments sont suffisamment fins, il en fait don aux pigeons qui patientent non loin.

— Va falloir se farcir le pote de Manol, lance Chiara en s'arrachant à la contemplation de la scène.

— Je crois qu'on peut s'attendre à tout, vu le cynisme avec lequel ton frère en parlait.

— Oui, enfin, pour Manol, tout ce qui sort du journalisme de terrain n'est pas une activité digne de ce nom.

— Pour ce que ça lui rapporte…

— Il fait bien ce qu'il veut, ce n'est pas mon problème. Bref, ce n'est pas le sujet, j'espère simplement que ça se passera bien.

— De quoi as-tu peur ?

— Bah… de jouer la comédie. Ces vidéos resteront, tu comprends ? De laisser une trace. Je n'aime pas ça.

Max pivote sur le banc de façon à se tourner vers Chiara.

— Que veux-tu que ces vidéos changent ? On annonce le divorce un poil plus tard que prévu et puis c'est tout. Arrête justement de te faire des films ! On verra bien.

— Du toi tout craché, ça… « On verra bien ».

Chiara shoote dans un caillou posté près de sa chaussure. Quelques pigeons sursautent, provoquant l'envolée d'un groupe de volatiles, ce qui lui vaut un regard en biais du petit vieux.

— En tout cas, ne compte pas sur moi pour jouer les amoureuses transies.

— On ne te demande pas de rouler des pelles ou de danser un slow.

— Ça te fait rire, en fait !

Max, effectivement, se bidonne. Au fond, il évite de trop réfléchir. Oui, la situation est ubuesque, mais ces quelques jours volés lui permettent de sortir de la routine instaurée ces derniers mois, et ça n'est pas pour lui déplaire. Plusieurs mois qu'ils font semblant aux yeux de tous de couler une vie de couple exemplaire, enfin ils peuvent relâcher la pression.

— Je ne vois vraiment pas en quoi c'est drôle !

— Arrête d'en faire tout un drame.

— Eh bien, marre-toi, mais ta mère sera la première à avoir sa participation en travers de la gorge.

— Nous y voilà, ma mère…

— Pardon, c'est vrai que c'est nul. Ta mère ou les autres, ce sera le même topo.

Une navette passe au loin, et bientôt des vaguelettes viennent soulever à un rythme régulier les mouettes qui flottent en surface. Après quelques minutes, Max rompt le silence.

— Écoute, si ça peut t'aider, imagine qu'on a fait un saut dans le temps.

— Comment ça ?

— Imagine que le divorce est derrière nous et qu'on passe des vacances en amis. Entre adultes complices et responsables.

— Mouais…

— Quoi, mouais ? C'est le genre de relation qu'on souhaite pour après, non ?

— Bien sûr que c'est ce que je veux, ce qu'on veut.

Max se penche vers elle jusqu'à donner un petit coup d'épaule dans la sienne, dans le but de la dérider.

— Je suis sûr qu'un jour viendra où nous dînerons avec nos futurs conjoints.

— Oh ça, répond Chiara en riant jaune.

— Tu n'y crois pas ?

— Je ne sais pas. Sur le papier, ça ne me paraît pas insurmontable, mais dans les faits...

Chiara est sincèrement surprise à cette idée. Elle n'a jamais imaginé cette partie de la suite et l'idée de recevoir un jour son ex-mari et une autre l'embarrasse. Elle est même vexée qu'il mette déjà le sujet sur le tapis.

— Bon, il n'est pas question de mettre la charrue avant les bœufs de toute façon. Essaie juste de voir cette semaine comme une parenthèse, loin de ce qui se passera au retour.

Alors que Chiara opine du chef en guise de validation, une femme âgée et toute de gris vêtue s'approche du vieil homme désormais entouré par les pigeons qui dévorent avidement le pain répandu alentour. La femme, dont le visage n'est qu'un entrelacs de sillons réunis entre eux par l'émergence d'un long nez aquilin, semble vouloir les appâter elle aussi.

— Ben dis donc, si on m'avait dit que même dans ce secteur d'activité il y avait compétition.

— C'est pourtant une niche.

À l'idée d'une joute, le vieil homme se redresse et, curieusement, paraît reprendre vie. Max et Chiara observent longuement leur duel silencieux, entretenu à coups de lancer de miettes. L'affrontement semble tourner à l'avantage de la vieille dame.

— On finira peut-être comme ça, annonce Max.

— C'est-à-dire ?

— Quand on sera seuls et vieux, on se retrouvera pour une battle de pigeons.

— Aucune chance. Je déteste les pigeons.

10

QUATORZE ANS PLUS TÔT

Sous couvert d'une enquête journalistique, Max avait contacté les services météorologiques. En tête de liste, l'Aquitaine, la Corse et la Région PACA, mais le Gard sortait sensiblement du lot. Il fallut choisir une commune puis joindre le maire alors même que ni l'un ni l'autre n'avait jamais mis un orteil dans le département. Par chance, l'élu agriculteur se montra aussi amusé que compréhensif: lui-même n'était pas sans montrer quelque attrait pour le sujet, rapport aux cultures et à son exploitation de caprins.

Joseph, le père de Chiara, accueillit la nouvelle avec joie, sans s'étonner des exigences particulières du couple. Rose et Henry sortirent le champagne en apprenant l'union prochaine, impatients de prendre part aux préparatifs. Il fallait vite établir une liste, se pencher tout aussi rapidement sur le choix des faire-part et ne surtout pas négliger les intolérances des uns et des autres pour ce qui était du menu.

— Vous avez fixé la date ? s'enquit Rose, avec déjà en tête des idées de toilettes excessives.

Les regards de Max et Chiara se croisèrent, et, instantanément, tous deux s'enlisèrent dans un fou rire nerveux.

— J'ai dit quelque chose de drôle ?

— Non, maman, ne t'inquiète pas.

— Vous n'arrivez pas à vous décider, c'est ça ? Juin est une valeur sûre. Si vous voulez mon avis, il faut éviter juillet et août, ça enquiquine tout le monde. Ensuite, fatalement septembre... Mai, à l'extrême rigueur.

Tandis que Chiara, soucieuse de ne pas griller d'emblée toutes ses cartouches avec sa future belle-mère, cherchait à reprendre un semblant de contrôle sur sa personne, Max s'étouffait encore.

— Mais bon sang, qu'est-ce qui vous prend ? s'inquiéta Henry.

— Moi, je dis ça pour vous rendre service ! Si vous voulez une belle fête, il faut mettre toutes les chances de votre côté. Et sans beau temps, pas de belles photos...

— Ah ça, la date, c'est important, appuya Henry, histoire de paraître concerné avant de s'en retourner à son fauteuil un journal à la main.

— Toi, évidemment, tu t'en moques. Tu ne te rends pas compte, lui lança sa femme.

— Je n'ai rien dit et je me fais engueuler ! Quand même, on n'a pas idée ! Faites donc ce qui vous chante, mais évitez Noël !

Le père de Max, vexé, plaça sur ses oreilles son casque de téléviseur.

— Bon, alors quoi ?

— Ça va être difficile de prévoir... On voudrait se marier un jour d'orage, expliqua Max.

— Je ne saisis pas, déclara Rose après un moment d'hésitation, tout en fixant un point devant elle, comme si la contemplation du bouquet de fleurs séchées posé sur un guéridon en acajou allait lui fournir quelque élément de réponse.

Henry, qui n'avait pas eu le temps d'allumer le téléviseur, se releva sur-le-champ.

— Lorsqu'on s'est rencontrés, j'ai promis à Chiara de l'épouser un jour d'orage, reprit Max.

— Mais... Vous n'êtes pas sérieux ? balbutia Rose.

— Ça ne va pas être simple, cette affaire, intervint Henry.

— S'il te plaît, ne viens pas compliquer la situation !

Henry poussa un profond soupir avant de plaquer une nouvelle fois et ostensiblement son casque sur ses oreilles.

— Vous me faites marcher, reprit Rose dans un demi-sourire.

— Pas du tout, intervint Chiara, et nous y tenons beaucoup.

— Et puis, c'est très dangereux !

— Maman, on ne va pas organiser ça sous des arbres !

— Mais, techniquement ? demanda Rose, la voix étranglée.

Techniquement, le mariage fut annulé à deux reprises à quarante-huit heures des festivités. La première fois, la famille éloignée avait ri jaune. La deuxième fois, même certains proches n'avaient pas manqué de montrer leur agacement. Max et Chiara n'en démordaient pourtant pas. Quand l'entièreté de la population de jeunes mariés priait pour s'unir sous la clémence des cieux, eux ne voulaient rien d'autre qu'un déchaînement des éléments. C'est le maire en personne qui les appela un vendredi matin. Il s'y entendait question météo et connaissait sa région. Le vent annonçait un sale week-end, il en mettait sa main à couper, la publication des bans tenait toujours et pour couronner le tout, la salle communale était libre ! Au grand dam de Rose qui ruminait depuis des mois dans son coin tandis que son mari s'amusait de la situation, Max et Chiara battirent le rappel : ils se marieraient le lendemain, et la fête, forfait du traiteur premièrement choisi oblige, serait toute simple.

Tout comme Lucie et Estéban, quelques amis d'école répondirent présents, mais c'est en présence d'un cercle excessivement rapproché que leur union fut célébrée. Toute la journée, le ciel chargé, menaçant, nargua les amoureux qui, une fois les vœux prononcés, durent se contenter du vent et d'une luminosité toute particulière. Manol se chargea des photos, regroupant la petite assemblée sur les marches de la mairie. On dansa beaucoup et longtemps, et il y eut trop de victuailles compte tenu des nombreux désistements.

— Comment va mon petit papa ? s'enquit Chiara au cours de la soirée, essoufflée d'avoir tourné de bras en bras.

Joseph, un sourire ému aux lèvres, se laissa volontiers étreindre par sa fille.

— Elle te va comme un gant…

— Tu crois que ça lui aurait fait plaisir ?

— Que tu portes sa robe ? J'en suis certain. Et votre délire d'orage, ça l'aurait bien fait rigoler !

— A priori c'est raté…

— La soirée n'est pas terminée ! Allez, ma chérie, retourne t'amuser ! Moi, je vais aller tenir le crachoir à ta belle-mère.

C'est à la fin du repas, au moment de s'attaquer à la pièce montée commandée à la hâte, que la pluie commença à tomber et le vent à souffler en rafales plus soutenues. Quand le tonnerre se fit entendre, Chiara et Max se ruèrent à l'extérieur. On éteignit lumières et sono par précaution et tous les invités se rendirent religieusement sous le préau de la salle. Devant eux, un grand champ et la lune par-delà les nuages apparaissaient à la faveur d'une trouée. Bientôt des éclairs de chaleur zébrèrent le ciel pétrole. Les mariés se blottirent l'un contre l'autre, heureux de voir démarrer leur union sous les meilleurs auspices. Même Rose, qui avait fini par cesser de ruminer, admit que cette ambiance, ce spectacle, sortait de l'ordinaire. Quand la pluie se fit plus clémente, qu'il n'y eut plus de danger à se risquer au-dehors, Chiara entraîna Max au milieu du champ.

— La robe de ta mère ?

— Je ne pense pas qu'elle resservira.

— Ce n'est pas faux…

— Finalement, on dirait que tu as tenu ta promesse.

— Je nous souhaite des milliers d'orages, Chiara.

11

NEW YORK

Max et Chiara patientent au bar de l'hôtel. Au sommet de cet immeuble aux briques rouges si évocatrices de Manhattan, un vaste toit-terrasse s'étale. La vue sur la skyline y est époustouflante. Pour l'heure, l'endroit semble prisé aussi bien des touristes que de nombre de New-Yorkais en goguette, lesquels terminent leur journée de travail par un verre entre collègues. Nina Simone a beau fredonner en fond sonore, l'heure du rendez-vous est dépassée de trente minutes et le très attendu FX ne s'est pas encore montré.

— Tu es sûre qu'il a compris ? s'interroge Max.

— J'ai envoyé deux messages et ils ont été lus ! Que veux-tu que je te dise de plus ?

— Donne-moi ton téléphone, je l'appelle.

— Attends encore un peu.

Max examine Chiara avec circonspection. Il lève un sourcil amusé.

— Je me trompe ou tu espères qu'il nous pose un lapin ?

— J'avoue que ça ne me dérangerait pas le moins du monde, dit-elle en hélant le serveur pour commander un nouveau Moscow mule.

— Eh ben ! Au moins, tu as retrouvé le sourire.

Chiara hausse les épaules avant d'aspirer bruyamment les dernières gouttes de son verre à l'aide d'une paille.

— Il faut dire que ça fait un bien fou de flâner sans but, reprend Max en s'enfonçant dans le large fauteuil d'extérieur.

— Pourquoi on n'est jamais venus avant ? lâche Chiara, pensive, en remerciant d'un signe de tête le serveur qui opère l'échange des verres.

— Je me posais la même question tout à l'heure, répond Max, les yeux glissant de building en building.

— On aurait dû partir plus souvent rien que tous les deux.

— C'est un reproche ?

— L'heure n'est plus aux reproches, très cher, rétorque-t-elle en souriant. Simplement, on aurait dû penser plus à notre couple. Toi comme moi, je précise.

Chiara plonge dans ses souvenirs, à la recherche de voyages en duo. Mis à part un road trip en Écosse pour leur voyage de noces, ils ont toujours vadrouillé par la suite avec des amis ou en famille. Oui, au fil des années, ils ont oublié de s'occuper de leur couple.

— On ne peut pas tout faire… Et puis les vacances en famille, c'était chouette, non ?

— Bien sûr que c'était chouette.

— Tu vois, je trouve vraiment bien qu'on puisse parler.

— Comment ça ?

— Je dois dire que je ne pensais pas que cette période de cohabitation se passerait aussi bien. Même si j'en ai ras le bol de camper dans le bureau.

— Oh, ça va ! Le bureau a une salle de bains et un canapé-lit, tu parles d'un camping.

— Facile à dire, tu dors dans la chambre !

— Pauvre malheureux…

— Je peux te poser une question ?

Chiara fronce les sourcils, pas pressée d'entendre ladite question qui ne manquera pas d'être posée.

— Allez, crache ta Valda…

— Tu m'en veux d'avoir suggéré la prise de rendez-vous chez l'avocat ? D'être à l'initiative de la fin ?

— Absolument pas ! s'exclame-t-elle, soulagée qu'il ne s'agisse pas d'un autre sujet. Je l'aurais fait quelques semaines plus tard.

— C'est vrai ? s'exclame Max qui semble sincèrement surpris.

Chiara replace une mèche derrière son oreille et regarde alentour si quelque chose pourrait la sauver de la pente savonneuse sur laquelle elle s'est engagée.

— Max… Ça n'allait plus, on le savait tous les deux.

— Tu veux dire que, pour toi, il y a eu un point de non-retour ?

Chiara fixe un immeuble, loin devant, cherchant les mots les plus adaptés pour répondre. Elle opte finalement pour un hochement de tête.

— Et je peux savoir quoi ?

— Max… Commencer par « C'est super on peut parler de tout » et puis entrer dans ce type de considérations, ça va rapidement tourner au règlement de comptes.

— N'importe quoi. Allez, balance ! Ne te fais pas prier.

— Je crois que c'est lui ! Le photographe ! dit-elle en désignant l'accueil d'un signe de tête. C'est qu'il ne se presse pas, en plus !

La petite quarantaine, aussi grand que dégingandé, le dénommé FX prend effectivement le temps de bavarder longuement avec l'hôtesse qui minaude elle aussi. Faussement décoiffé, cheveux mi-longs, il semblerait qu'il choisisse avec soin ses vêtements afin de paraître bohème juste ce qu'il faut.

— Il me saoule déjà, dit Max.

— Mais non, au contraire, c'est nickel. Il m'a tout l'air d'un fumiste. Le mec vient d'ouvrir sa boîte, il arrive en retard, sans s'excuser, et maintenant qu'il est là il drague au lieu de courir droit sur nous. Il ne va pas être très professionnel et ça me va parfaitement.

— Le culot, commente Max tandis que FX pose désormais une fesse sur un tabouret de bar. Tu le crois ? Il prend son numéro !

Il faut attendre que la serveuse soit appelée à une table pour que le photographe daigne chercher ses clients du regard. Chiara fait un geste dans sa direction pour se signaler et l'homme avance enfin vers eux tout en effectuant une courbette déférente, la main sur le cœur, comme pour s'excuser.

— Grands dieux… Pas du tout le genre des copains de Manol, souffle Chiara.

— Hyper étonnant, oui. Mais y a moyen de se marrer un peu.

Au même moment, FX pose avec fracas une grosse sacoche sur le sol.

— Max, Chiara ! Pardon : Chiara et Max ! Vous permettez ? demande-t-il en saisissant la main de Chiara pour mimer un baisemain très hollywoodien. Je suis *so sorry*, vraiment désolé, désolé… Mais je peux tout vous expliquer : j'ai eu une urgence, j'ai dû monter des images en quatrième vitesse. Des noces d'or, et il y a eu comme qui dirait un souci digestif lors du vol en hélico. Pardon, mille pardons. Au fait, moi c'est FX, pour vous servir.

— Enchantée, répond Chiara, les yeux écarquillés.

— Je suis tellement content de bosser avec des Français, vous ne pouvez pas imaginer ! Alors comme ça, tu es la sœur de Manol ? Pardon, on se tutoie, OK ?

— Il semblerait, marmonne Max en levant un sourcil tandis que, il le sait, Chiara se mord la joue pour ne pas rire.

— On prend un verre ? *Please, miss!* Ce sera un dry martini pour moi, comme James Bond, ajoute-t-il avec une moue qui se veut irrésistible. Au shaker et pas remué à la cuillère, OK ?

— Eh bien, allons-y, abdique Chiara, qui n'a pas encore eu l'occasion de placer un mot avant de commander un autre cocktail pour eux.

— C'est sympa ici, vraiment top. À refaire, parfait endroit pour un *date*, reprend FX avec un clin d'œil graveleux. Nous disions donc, la petite sœur de Manol…

— La grande sœur, pour être précise.

— Je ne peux pas y croire, c'est impossible ! D'ailleurs, il doit y avoir une erreur, il ne s'agit pas de vos quinze ans de mariage mais de votre voyage de noces ! Vous m'avez menti, vous avez l'air de deux tourtereaux.

Chiara met tout en œuvre pour ne pas capter le regard de Max et remercie le ciel quand le photographe s'excuse pour aller aux toilettes.

— C'est une blague ! s'exclame Max. Une foutue blague !

— Je ne vais jamais tenir la distance, s'étouffe Chiara, prise d'un fou rire.

— Ce type est une caricature. Ils nous font une blague, c'est pas possible autrement.

— Je te jure qu'il a un site ! Je suis allée voir.

— On ne va pas se traîner un baltringue pareil !

— Ah ! Tu vois ! Toi aussi cette histoire de vidéos te stresse.

— Pas le principe des vidéos, juste ce mec ! Il est insupportable, un vrai moulin à paroles. En cinq minutes, il a anéanti les bienfaits de toute une journée de repos.

— On fixe le rendez-vous de demain et basta.

Après un passage à proximité de son flirt, le photographe revient vers eux.

— Désolé, mais je ne vais pas pouvoir rester, s'excuse-t-il en regardant Chiara avec l'air de lui apprendre le décès d'un proche, tandis que dans l'angle mort Max joint les mains comme pour remercier le ciel.

— Aucun problème, nous allions dîner.

— Alors rendez-vous demain, 15 heures, à l'Empire State Building, *right* ? On se retrouve à l'accueil, j'aurai les passes VIP, dit-il en se levant. Et surtout… Prenez vos téléphones au cas où on ait du mal à se retrouver, *right* ?

— Promis.

— C'est très important qu'on communique bien. Vous allez voir, ça va être super. J'ai pour habitude de bien faire transparaître les feelings. La petite famille sera enchantée par nos vidéos ! Même si, question de feeling, je ne m'inquiète pas trop. On sent que vous êtes très complices tous les deux… Quinze ans, mamma mia ! Que c'est beau !

— C’est gentil…

— Allez, je ne suis déjà plus là !

— C’est ça, oui, lâche Max, excédé, tandis que Chiara lui fait les gros yeux.

— *Don’t forget*: demain, 15 heures. *See you later!*

À peine a-t-il disparu que Max et Chiara explosent de rire.

— Mythique !

— J’envoie un message à Manol, annonce Max.

— Non ! Faudrait pas qu’il lui vienne l’envie de faire du zèle. Ça va passer comme une lettre à la poste.

— Voyage de noces, je t’en foutrais… Quel tchatcheur… Je suis à peu près sûr qu’il saute sur tout ce qui bouge, t’as vu le plan qu’il a fait à cette pauvre serveuse ? Bon, c’est pas tout ça, mais on en était où, nous ?

— De quoi tu parles ?

— Le moment où tu t’es dit qu’il était temps de divorcer.

— Oh, Max… T’es pas sérieux. Ça ne rime à rien !

— Mais si, au contraire, je veux qu’on ait une bonne relation.

— Tu es pénible. Tu vois, ça, par exemple, c’est usant. Tu ne sais pas t’arrêter ! On est d’accord pour divorcer depuis le début, c’est tout ce qui compte, non ? Pas besoin de lister ce qu’on se reproche l’un l’autre dans les moindres détails !

— Ah, tu vois bien que c’étaient des reproches alors !

— Le cadeau, voilà.

— Comment ça ?

— À l'approche de Noël, je n'ai pas eu envie de me creuser la tête pour te faire plaisir. De fait, j'ai compris que c'était bien le signe de la toute fin.

— Tu m'as offert quoi ?

— Si tu ne t'en souviens pas, ce n'est pas à moi de te le rappeler.

— La cave à vin, c'est ça ?

Chiara hoche la tête.

— Ben, ça m'a fait plaisir… J'étais content : l'autre était pleine.

— Peut-être, mais c'est nul comme cadeau, d'habitude je me prenais bien plus la tête.

Chiara se doute que d'aucuns trouveraient cette goutte d'eau plus petite qu'une autre, pas de quoi faire déborder le vase, mais au creux de son ventre, elle avait senti que, cette fois, leur relation ne lui importait définitivement plus. Au sens amoureux du terme. Combien de fois n'avait-elle pas commandé des cadeaux personnalisés des mois à l'avance, cumulé différentes attentions pour combler Max et réalisé de ses mains un certain nombre de présents. Il y avait eu cette sculpture qu'il avait tant appréciée dans une galerie de Provence et qu'elle avait fait venir à grand frais, un roman graphique dédicacé par son dessinateur favori, pour lequel elle avait fait des heures de queue. En comparaison avec cette cave à vin commandée l'avant-veille des fêtes… l'envie de faire plaisir avait bel et bien disparu.

— Mouais… À la suite de quoi, donc, tu as décidé qu'on ferait chambre à part. C'est tragi-comique.

— Arrête un peu ! Tu viens de rappeler que c'est toi qui as pris rendez-vous chez une avocate !

— Mais on ne faisait pas chambre à part. Chambre à part, c'est toi !

— Tu pinailles. Et puis ça faisait des mois qu'on était colocataires, qu'on n'avait plus de désir.

Max marque un temps d'arrêt, frappé par l'évidence. Des mois, oui, que le désir s'était lentement fait la malle, ne pointant le bout de son nez qu'en de rares occasions. Il avait fait comme si tout cela était normal, préférant le déni à la prise de conscience. Chiara ne semblait plus avoir envie de lui et, de son côté, les sursauts de libido à son égard tenaient plus du besoin primaire que de l'élan passionnel.

— Je ne dis pas le contraire, c'est plutôt que de mon côté ça s'est étiolé au fur et à mesure, je n'ai pas dans ma besace un fait marquant, comme toi.

— J'en étais sûre, tu le prends mal.

— Mais non… En même temps, ce n'est pas étonnant, tu as toujours été plus dans le ressenti que dans les faits.

— Mon Dieu, il est grand temps de changer de sujet ! On pourrait dîner ici, je vois passer des assiettes de dingues.

— Si tu veux, après ces cocktails, je n'ai pas franchement envie de bouger. Et on joue à domicile en plus.

— Il y a des spécialités cajuns ! J'en ai tellement mangé en Louisiane !

— Parce que tu es déjà allée en Louisiane, toi ?

— En effet.

— Et pourquoi je ne l'ai jamais su ?

Le visage de Max se ferme, tandis que les joues de Chiara rosissent perceptiblement. Elle éponge la condensation de son verre à cocktail avec une serviette en papier, appliquée à cette tâche comme si on lui avait confié une mission de la plus haute importance.

— Tu ne veux pas répondre ?

— Je n'en sais rien. Je te rappelle que j'ai beaucoup voyagé avant de te connaître. Tu as dû oublier.

— Excuse-moi, mais si tu m'avais parlé de la Louisiane, je m'en souviendrais.

— Il se peut que je n'en aie pas parlé, c'est vrai, marmonne Chiara.

— Et on peut savoir pourquoi ? J'adorais que tu me parles de tes voyages !

— J'imagine que c'est parce que j'ai fait celui-là en compagnie de Scott.

— Arrête, ça n'a pas de sens. Tu as vu pas mal de pays avec l'Australien.

— Oui, mais ce séjour a été particulier. Sans doute ai-je évité d'en parler, c'est possible. Involontairement, quoi qu'il en soit.

Chiara intercepte deux cartes, en tend une à Max et se plonge dans la lecture de la sienne en énonçant les plats à voix haute, comme pour passer vite à autre chose.

— En quoi a-t-il été particulier ? On peut savoir ?

Chiara abat la carte un peu trop vivement près de l'assiette sur la table, attirant l'attention de la table voisine.

— Max, arrête tout de suite.

Max se redresse et pose ses paumes bien à plat devant lui. Il affiche un large sourire et entreprend de faire craquer ses articulations, signe qu'il est tourmenté.

— Mais si, vas-y ! J'ai envie de savoir, dit-il d'un ton trop enjoué pour être honnête. C'est important pour moi de comprendre que ma future ex-femme m'a caché des pans de sa vie.

— Tu fais mine de le prendre à la rigolade, mais je te connais : tu es vexé comme un pou.

— Avant j'aurais pu, mais plus maintenant. C'est promis.

— Mon cul.

— Parce que ton cul a un quelconque rapport avec ce séjour en Louisiane ?

— Rigole, rigole, je sais que tu montes en pression ! Je te connais par cœur, ne l'oublie pas, et je n'ai pas du tout envie de ça.

— Très bien, mais ce sera pire encore si tu me laisses dans le brouillard. Je vais m'imaginer des choses, peut-être bien des choses illégales. Vous passiez de la drogue ?

— Tu me fatigues.

— Trafic d'êtres humains ?

— T'es lourd… Il m'a demandée en mariage, voilà. Tu es content ?

Max accuse le coup.

— Voilà, c'est super. Avais-tu besoin d'avoir cette information ? La réponse est non. Maintenant débrouille-toi avec, tu l'as cherché.

Max s'étire longuement tout en se passant la main dans la nuque, comme pour extraire ses pensées d'un brouillard soudain. Il est pris à son propre piège, lui qui pensait maîtriser la discussion. Se pourrait-il qu'il ait une vision erronée de certains épisodes de la vie de Chiara ?

— Je n'ai pas été le premier à te demander en mariage ?

Chiara, navrée de la situation, souffle doucement par le nez en pinçant les lèvres.

— Non.

— Et tu as dit oui ?

— À ton avis ? Tu es bête ou quoi ? Avec qui je suis encore mariée à l'heure actuelle ?

— Non, mais, sur le moment. Est-ce que tu as dit oui ?

— Mais qu'est-ce que ça peut bien te faire !

— C'est peut-être bizarre mais ça me perturbe. J'aimais notre rencontre et notre histoire, et savoir qu'un crétin d'Australien t'a demandée en mariage avant moi, ben ça gâche tout.

— Tu es un gosse, en fait.

— Je ne sais pas si je suis un gosse, mais ça me déçoit de ta part. Enfin, tu vois ce que je veux dire.

— Non, je ne vois pas, et, crois-moi, je n'ai pas envie de voir ou de comprendre. Ça devient désagréable, là.

Un silence s'installe et dure, même après que la serveuse a pris la commande. Tous deux sont surpris par leurs réactions réciproques.

— C'est idiot. Je suis idiot, excuse-moi, reprend Max.

Pour la première fois depuis longtemps, Max fait face à Chiara, et non à la femme qu'il a épousée quinze ans auparavant. Il la regarde avec des yeux presque neufs, sent son ventre retourné par un inconfort qui s'apparente à de la jalousie déplacée. Une légère brise s'invite, soulevant leurs menus et décoiffant celle qui restera la femme de sa vie. Subitement, il déteste cet Australien qu'il n'a jamais connu.

— Ça n'a pas d'importance, je t'assure, juste une période passée sous silence pour ne blesser personne, c'est aussi simple que ça.

Max se ferme. Il se sent piqué, surpris. Bientôt, ils n'auront plus du tout d'intimité et plus de comptes à se rendre, et il examine cette pensée avec attention. Mais la vexation prend le dessus et c'est irrépressible.

— Donc, tu as dit non ?

— Max…

— Alors ?

— J'ai dit non.

— Et pourquoi ça ?

— Ah mais ! s'exclame-t-elle, irritée. Parce que je ne me voyais pas faire ma vie avec lui, voilà tout ! Et pour tout te dire, quand nous étions en Amérique du Sud et qu'il m'a proposé ce séjour en Louisiane, j'avais déjà en tête de le quitter et de rentrer en France.

— OK.

— Quoi, OK ?

— Non, je te remercie, c'est tout.

Sans attendre un signe de la part de Chiara, Max leur ressert un verre de vin. Toute vérité n'est pas bonne à dire, mais ils se sont tant aimés et tant compris. Il ne peut laisser de côté l'image de ce Scott vu simplement sur des clichés antédiluviens, et l'absurdité de l'évocation de son souvenir, ce soir, sur ce toit new-yorkais, le dépasse.

— J'aurais aimé, je crois, le savoir avant. Mais je te remercie quand même pour ta franchise.

— Pour ce que j'ai eu le choix, marmonne Chiara. Et puis excuse-moi, mais étant donné que ces faits se sont déroulés avant que je te rencontre, je n'imaginais pas que ça te blesserait de l'apprendre. Surtout au seuil du divorce. Que ça te surprenne, sans doute, mais pas que ça tourne au scandale.

— Je ne sais pas, je te dis… C'est difficile à expliquer, avoue Max.

Chiara l'observe du coin de l'œil. Son air de chien battu l'apitoierait presque, mais la moutarde lui monte soudain au nez.

— Tu es quand même gonflé.

— Tu peux comprendre que ça me fasse quelque chose…

— On est à deux doigts d'une scène. Comme si tu avais toujours été transparent et irréprochable, en plus. Et là, je te parle de la période de notre mariage.

— Chiara…

— Il faut croire que tu as un sens de l'honnêteté à géométrie variable, conclut-elle.

12

LA ROCHELLE, QUINZE ANS PLUS TÔT

Chiara tourne depuis une bonne dizaine de minutes dans les rues de la ville. Elle vient de quitter Max avec difficulté. Ils ont prévu de se voir le lendemain, et déjà ça lui paraît trop loin. Le quasi-inconnu a dû rejoindre ses amis et elle les siens, qui doivent se trouver dans l'un des nombreux bars de la cité en compagnie des autres. Elle devrait mais elle ne parvient qu'à marcher, lentement, ajoutant une ruelle à une autre, sidérée par ce qu'ils viennent de vivre, trempée par la pluie mais imperméable aux stimuli extérieurs.

C'est donc cela un coup de foudre ? Une perte de repères couplée à la sensation que tout prend sens ? Elle a son téléphone à la main mais ne répond pas encore aux messages de son amie qui commence à s'inquiéter. Chiara perçoit l'urgence et l'évidence, et si elle ne repartait pas à l'étranger comme elle le projetait ? Ça paraît radical et même risible, mais elle pressent que Max et elle ont quelque chose à vivre, quelque chose d'immense, qui déjà la dépasse.

— Bordel ! Tu pourrais répondre !

Lucie déboule à un croisement. Quand elle avise l'air extatique de Chiara, sa colère s'évanouit aussitôt.

— Ça va ? On dirait que tu as vu la Vierge !

Chiara sourit. C'est tout comme, elle vient de vivre un petit miracle.

— Eh ! Dis quelque chose ! Tout va bien ?

— J'en sais rien. Enfin, je crois que oui... Il s'appelle Max.

Lucie explose de rire.

— Le gars du concert ?

— Oui, le gars du concert. Je crois que je suis amoureuse.

— T'as pris la foudre ou quoi !

— Tu ne crois pas si bien dire.

Lucie attrape le bras de sa complice, la soirée n'est pas terminée. Elle va s'étirer longuement avec leurs amis, entre fou rires, musiques, délicieuses discussions quasi métaphysiques et un brin insensées, qui jaillissent lorsqu'ils sont entre eux et que les conditions à la divagation sont réunies. La soirée s'étire donc, Chiara rit, danse et écoute d'une oreille distraite Lucie s'emballer sur le sens de la vie. Son esprit s'échappe, par-delà le voile nuageux qui dissimule la lune par moment, par-delà la nuit qui, au fil des heures, est devenue étoilée. Par-delà la raison. Si elle se fie à son instinct, ce que tout son être lui intime de faire, c'est qu'elle brûle d'envie de revoir Max.

13

VINCENNES

C'est tout naturellement que Rose et Henry ont proposé de garder leurs petits-enfants et le chien durant le séjour new-yorkais. Au domicile familial, pour des questions pratiques. La grand-mère, toujours pimpante et pomponnée, a du mal à tenir en place dans la maison. Elle trouve les intérieurs de placards organisés en dépit du bon sens. Bien sûr, elle s'abstiendra de tout changement, mais se fendra quand même de quelques conseils pratiques au retour du couple. Elle se surprend à sourire, consciente d'être tatillonne. Elle mesure la chance qu'elle a d'avoir Chiara comme belle-fille. Elle mène bien sa barque et dans celle-ci sa propre famille vogue tranquillement. Ah ça ! Max et elle ne leur ont jamais causé de soucis. Elle ne peut pas en dire autant de Diane, la cadette. Ce n'est pas qu'elle a un problème avec son homosexualité mais il faut admettre que le quotidien est plus compliqué quand on choisit ce mode de vie... Rose secoue la tête en changeant, c'est plus fort qu'elle, les casseroles et les poêles de place. À cet endroit, c'est vraiment un non-sens. C'est un fait, elle n'admet pas que Diane prétende ne pas vouloir d'enfants. Quelle femme sensée renoncerait à cette joie ? Son cœur se serre rien que d'y penser. Elle voudrait en parler ouvertement avec sa fille, mais ça fait bien longtemps qu'elles n'évoquent plus que des banalités au sujet de son travail auquel elle ne comprend pas grand-chose. Rose étudie encore les placards quand Henry pénètre dans la cuisine en lui rappelant le départ imminent de Lou. L'adolescente a modifié les plans initiaux et décidé de passer la semaine chez sa meilleure amie.

— Puisque Paul et Isa sont d'accord, je ne vois pas où est le problème, tente Henry en déposant un sac de courses sur la table.

— Ce n'est pas ce qui était prévu, c'est tout.

— Puisque ses parents sont prévenus.

— Puisque ce sont les enfants qui décident.

— Oh, moi, ce que j'en dis…

— Rien de bien constructif, comme d'habitude.

— Et c'est reparti, abdique Henry en quittant la pièce.

Lou descend l'escalier en courant au même moment, un sac sur le dos.

— Ça va, mamie ? demande l'adolescente – plus pour la forme que par réel souci d'obtenir une réponse.

— Parfaitement, ma chérie. Tu es sûre que rien ne va te manquer ?

— Je repasse mercredi pour mon cours de basse, de toute façon.

— Bon, si tu le dis.

— Tu fais la tête ?

— Ta grand-mère avait imaginé cette semaine autrement, mais ne t'inquiète pas, explique Henry en réapparaissant.

— Absolument pas ! objecte Rose.

Lou s'approche de sa grand-mère et l'enlace tendrement.

— Oh, mamie, je suis désolée. Quand Anna m'a proposé de passer la semaine chez elle, ça m'a fait super envie ! Mais si tu y tiens tellement, je peux rester…

Rose tourne vers sa petite-fille des yeux de chiot à qui on fait miroiter une famille d'accueil aimante avant de se raviser.

— Non, non. On ne va pas encore changer l'organisation.

— Et puis, je crois que Paul et Isa veulent faire des apéros pour visionner les vidéos de New York ! Attendez… ça n'a pas klaxonné ?

— Si, ma grande ! Ne fais pas attendre Paul ! tranche Henry.

La jeune fille embrasse ses grands-parents avant de se précipiter à l'extérieur de la maison tandis qu'ils lui emboîtent le pas. Stationné devant le garage, Paul patiente dans sa berline. De sa fenêtre, il adresse un signe aux grands-parents. Anna ayant pris place sur le siège passager, Lou s'engouffre à l'arrière de la voiture.

— Il pourrait tout de même venir nous saluer, peste Rose.

— Arrête de faire ta mauvaise tête. Ils vont au cinéma, ils sont pressés.

— Mouais…

— C'est sûr qu'une semaine chez sa copine, c'est un peu plus excitant qu'une semaine avec des croulants, plaisante le grand-père en passant le bras autour des épaules de sa femme.

— Parle pour toi, Henry, parle pour toi !

— Ah ! j'ai tout de même réussi à te faire sourire !

— Oui, eh bien, le croulant va mettre la table pendant que la croulante fait le repas !

Quarante-cinq ans de mariage, quarante-cinq ans de joute. Henry peste pour la forme, mais se trouverait franchement déstabilisé si sa Rose de femme se montrait joyeuse et aimable du soir au matin. Un mode de communication qui s'est instauré au fil des années mais qui, pour finir, leur convient à tous les deux. Alors qu'ils prennent le chemin de la cuisine, un bruit sourd et répété se fait entendre à l'étage. Un son mat, puissant, et pour tout dire assez effrayant.

— Je pensais César dans le jardin avec le chien ?

— Ils y sont encore, confirme Henry en désignant la baie vitrée d'un signe de tête.

— Monte voir !

Ils restent silencieux quelques secondes. Les coups s'arrêtent un temps, avant de reprendre de plus belle, les figeant sur place.

— Monte, je te dis ! Et prends ça, ajoute Rose en se ressaisissant et en tendant une casserole à son mari.

— Tu penses réellement que je peux neutraliser un intrus avec ça ?

— Vous faites quoi ? demande César, de retour du jardin.

— Rien, rien, assure Henry, soucieux de ne pas inquiéter son petit-fils.

— Il y a du bruit en haut et ta sœur est partie ! s'étrangle Rose qui n'a pas le moindre self-control quand elle angoisse.

— Ben, ça doit être Manol ! Il dort souvent à la maison depuis qu'il est revenu de voyage.

— Voilà autre chose, enrage Rose en s'asseyant lourdement sur une chaise.

— Toi qui étais malheureuse de ne pas avoir deux enfants à garder, voilà qu'il en apparaît un comme par magie !

— Chiara ne nous a rien dit à ce sujet !

— Mais qu'est-ce qu'il fait là-haut ? demande Henry, intrigué.

— De la muscu ! Faut voir comme il est musclé, il tient la planche huit minutes.

— Qu'est-ce que c'est que cette histoire de planche…

— C'est pour travailler le gainage. Moi, je garde la position trois minutes. C'est pas mal pour mon âge, il paraît. Manol ! hurle César.

— De la muscu ? Il prend soin de lui, celui-là…

Le bruit des haltères posées au sol cesse net et bientôt la voix de Manol parvient jusqu'à eux.

— Ouais ?

— Il y a papy et mamie ! Tu les as fait flipper !

— Mais ne crie pas comme ça ! s'emporte Rose. Et puis, nous n'avons pas vraiment eu peur…

— Vous avez quand même failli lui filer un coup de poêle, s'amuse César.

— C'est une casserole, corrige Henry. Évite de dire ça à ton oncle.

Manol apparaît au pied des marches, vêtu simplement d'un bas de survêtement, le torse nu, abdominaux saillants et recouverts d'une fine pellicule de sueur.

— Bonjour, Rose, salut, Henry, je ne vous embrasse pas, je suis en nage. Ne pas me dire quoi ?

— Ils ne savaient pas que tu étais en haut ! Papy s'apprêtait à t'assommer avec une poêle.

— Une casserole !

— C'est qu'on ignorait que tu serais là cette semaine, ajoute Henry. Chiara et Max ne l'avaient pas précisé. Mais ça ne pose aucun problème !

— Désolé si je vous ai fait peur. Je viens tout juste de me réveiller et je n'avais pas tilté que vous arriviez ce matin. Max et Chiara ont bien atterri ?

— Oui, sans problème. J'ai eu un message de Max.

— Bon, je file sous la douche et je ne vous dérange pas plus. Je m'installe chez mon père quelque temps.

— Ah oui ? s'étonne Rose. Chez Joseph ? Mais tu pouvais rester !

— Oh non ! lance César, déçu de ne pas assister à une cohabitation qui s'annonçait épique.

— C'est gentil, mais je vais en profiter pour passer un peu de temps avec mon père. Et puis, je squatte déjà suffisamment cette maison ! On se voit pour les vidéos chez Paul et Isa ?

— J'ai cru comprendre que quelque chose s'organisait, en effet, lâche Rose.

Une fois Manol disparu à l'étage et César devant la télévision, Rose s'enferme avec son mari dans la cuisine. Attrapant rageusement un paquet de pâtes d'une main et une casserole de l'autre, elle grommelle entre ses dents. Henry l'observe du coin de l'œil, il la connaît par cœur et quelque chose la tracasse.

— Qu'est-ce qu'il se passe, ma douce ?

— Il se passe que j'ai tout préparé pour cette fête surprise et qu'on n'est même pas invités à visionner les vidéos.

— Mais enfin… Isabelle va sans doute nous prévenir ! Tu voulais quoi ? Un carton d'invitation ?

— Tout de suite les grands mots… Je me demande si je n'ai pas été un peu trop directive le soir de la fête ? avoue Rose, interrogeant son mari du regard et espérant lire un non au fond de ses yeux.

Celui-ci choisit de botter en touche et l'embrasse tendrement sur la joue.

14

NEW YORK

Dans un silence de cathédrale, Max et Chiara rejoignent la luxueuse chambre d'hôtel plongée dans l'obscurité. Seules les lumières de la ville qui ne dort jamais viennent projeter quelques formes fantasmagoriques sur les murs tendus d'une tapisserie chargée. L'ensemble serait plutôt poétique si l'ambiance était au beau fixe. Or, ni l'un ni l'autre n'a eu le cœur ou l'appétit pour un dessert, fût-ce pour un cheesecake ou toute autre proposition de la carte. N'évoquons pas même la question d'un digestif.

Chiara pose son sac à main sur le petit bureau avec une discrétion qui indique clairement qu'elle préférerait disparaître plutôt que d'être ici, dans cette ville, dans ce lieu, avec celui qui ne sera bientôt plus sa moitié.

— C'est tellement étrange de partager à nouveau une chambre. Alors, tu choisis quel côté ? demande Max.

— Peu importe… disons celui-ci, proche de la salle de bains.

— OK.

— On pourrait séparer les sommiers, il y a une couette en plus dans le placard.

— Vu la taille du lit, je ne vais pas empiéter sur ton espace, rassure-toi.

— Arrête, Max. Ne me fais pas passer pour une hystérique, je propose simplement d'éloigner les sommiers.

Max lève les mains en l'air, désabusé. Certes, ils font chambre à part, mais après tant d'années à partager des lits, qu'ils soient simples, doubles ou king-size, qu'il s'agisse d'une couchette de train ou d'une toile de tente, cette suggestion lui paraît proprement risible.

— S'il n'y a que ça pour te faire plaisir.

— Ça ne me fait pas plaisir. C'est juste que je n'ai pas envie de me prendre ton coude dans la tête ou de me retrouver sans couette et gelée au petit matin.

Sans rien répondre, Max entreprend de libérer un espace entre les deux couchages réunis par le personnel de l'hôtel. Dans la foulée, il ouvre le placard et en extirpe une couette d'appoint.

— Madame est servie.

— Parfait, merci. Au fait, je suis passée à la réception, il n'y avait pas d'autres chambres disponibles.

— Tu as demandé ?

— Ça aurait été plus pratique…

Max se couche sur son lit sans commenter et allume la télévision, tandis que Chiara s'apprête à faire couler un déca dans la machine à expresso.

— Ah non, pas la télé, merci bien ! Au retour, je file à Londres et il va falloir que je sois efficace. Tu vas t'endormir avec l'écran allumé, je connais la musique.

Max pousse un profond soupir en tapotant son oreiller.

— J'en viens à regretter le canapé-lit...

— N'empêche que ça nous a bien dépannés, ce bureau attenant à la chambre. Tu veux quelque chose à boire ?

— Non, merci. Mais depuis quand tu prends du café, toi ?

— Hum, je dirais deux à trois ans, à vue de nez.

— Sérieux ? Je n'avais pas remarqué, dis donc... C'est fou.

Max la regarde boire le contenu de la petite tasse sans rien dire.

— Je prends la salle de bains en premier, puisque tu ne te décides pas, dit Chiara.

Trousse de toilette sous le bras et pyjama à la main, elle traverse la pièce en silence et Max tressaute en entendant le verrou qui se tourne. Ils en sont là, à se défendre l'un de l'autre, à préserver farouchement une intimité qu'ils partageaient auparavant. Lui aussi, avec quelques minutes de décalage, préférerait être loin d'ici, ou loin de cette temporalité. Tout du moins, il aimerait gommer ce dîner et les prémices d'une bataille qui risque de poindre si tous deux ne gardent pas en tête leur but commun : que leur relation après la séparation se passe au mieux. Alors, tandis que l'eau se fait entendre de l'autre côté de la cloison, Max s'efforce à un tant soit peu d'objectivité. Il s'est conduit comme un imbécile ce soir mais ce n'est pas tant de la jalousie qu'une blessure narcissique qu'il a éprouvée en entendant parler de la demande en mariage de l'autre Australien. Le fait d'apprendre que sa femme ait « omis » volontairement ce « détail ». Il se demande, Max, s'ils tiendront le cap jusqu'à la ligne d'arrivée. S'il est effectivement possible de se séparer en douceur, pour la simple raison qu'on ne s'aime plus, et qu'on n'a plus les mêmes centres d'intérêt. Parce qu'on est devenus des personnes différentes de celles qui se sont unies un jour d'orage. Parce que quelquefois les promesses d'une vie sont faites pour être violées et que certains dossiers sont trop imposants pour être mis sous le tapis, voire enterrés.

Il se demande si la tempête du soir n'a pas soulevé le sable de leur désert et dévoilé un stock d'armes ignoré et jusque-là enfoui. Il s'interroge, Max, mais il a l'esprit alourdi par les cocktails et le vin, et quand Chiara libère la salle de bains, il s'est endormi. L'écran allumé.

15

VINCENNES

Henry se fait battre à plate couture par un César aguerri aux échecs. Pour la troisième partie, il décide même de tricher, profitant de l'arrivée du chien dans le périmètre pour substituer deux pions.

— Papy, tu me la feras pas, j'ai mémorisé la position des pièces, souffle César.

— Puisque c'est comme ça, je vais t'apprendre le poker, parce que vraiment, là, c'est humiliant.

— Le poker ?! Génial !

— Henry, tu plaisantes ? s'indigne Rose en débarquant dans la pièce, un livret de sudoku à la main.

— Ça va... je n'ai pas dit que je l'emmenais dans un club de striptease.

— Oh ben, on sait comment ça commence et...

— J'ai trop envie d'apprendre à jouer au poker !

— Le contraire m'aurait étonnée, grogne Rose en s'asseyant près de son petit-fils.

Pendant qu'Henry file chercher un jeu de cartes, Manol surgit dans le salon et pose un sac de voyage près de la porte.

— Mon père va passer me chercher, il veut qu'on aille choisir ensemble une nouvelle télé.

— C'est toujours un plaisir de voir Joseph.

— Ça va me faire bizarre de cohabiter avec lui.

— Il préfère venir ici parce que c'est plus vivant que chez papy Jo, déclare César en observant son grand-père distribuer les cartes sur la table basse.

— Agréable pour Joseph, tout ça… Un poker, Manol ? demande Henry en souriant largement.

— Non, c'est gentil, je vais attendre que César maîtrise un peu le sujet avant de le plumer de son argent de poche.

— Charmant programme, ironise Rose. Et donc, Manol, tu vis ici depuis ton retour ?

Le photographe se frotte la tête en prenant un air faussement confus. Manol, éternel trentenaire, à croire que certaines personnes passent un pacte avec des entités divines. Manol, jamais concerné par les contingences matérielles, vivant au jour le jour avec la complicité de ceux qui l'emploient et de sa tolérante famille.

— Depuis un mois, oui, quand je ne dors pas chez un copain. J'abuse de l'hospitalité de Chiara et Max… Disons que je ne savais pas encore si j'allais me fixer à Paris, ou repartir à l'aventure.

— Et puis finalement, le Kenya, si j'ai bien compris ?

— Ouais… pour quelques mois. J'ai refusé un poste sédentaire dans un journal. Je ne me sens pas encore prêt à m'engluer dans une routine.

Le téléphone de Manol se met à sonner et celui-ci s'excuse en changeant de pièce. Rose le regarde évoluer en le considérant étrangement. Chiara ménage son petit frère qui semble ne vouloir s'attacher ni aux lieux, ni aux personnes, prétendument marqué par la perte de leur mère. Il est vrai que Chiara elle-même a beaucoup voyagé avant de rencontrer Max, peut-être cherche-t-il un sens à sa vie comme sa sœur l'a fait par le passé ? Rose, on ne peut plus terre à terre et pragmatique, ne peut s'empêcher de penser que ce comportement est tout sauf sain et constructif.

— Bon sang, j'ai l'impression de parler à un ado, chuchote Rose à son mari.

— Manol aime être libre, explique César, très sérieusement.

— C'est facile d'être libre quand on loge chez sa sœur entre deux boulots. Mais ce n'est que mon avis. Je peux te dire que si c'était mon fils…

— Rose, s'il te plaît, gronde Henry, effrayé à l'idée que Manol puisse entendre. Occupe-toi plutôt de ton sudoku.

Le heurtoir de la porte d'entrée se fait entendre. Trois coups frappés fort.

— Papy Jo se sert jamais de la sonnette, s'exclame César en bondissant de sa chaise.

Le petit homme grisonnant et moustachu est bientôt dans l'entrée, rapidement invité par Rose de s'installer pour prendre un café.

— C'est gentil mais je ne reste pas : je voudrais que Manol m'aide à choisir de l'électroménager, je m'y entends encore moins qu'en psychologie féminine.

— Ah ça... surenchérit Henry d'un air entendu.

— Je ne relèverai pas, commente Rose en se dirigeant vers la cuisine d'où sort Manol.

— Salut, Papa. Tu as fait vite, dis donc !

— J'ai découpé des articles dans un magazine de consommateurs, annonce celui-ci en sortant de la poche de sa veste plusieurs feuilles froissées.

— A priori, on devrait s'en sortir...

Joseph regarde le jardin et la dépendance qui s'y trouve.

— Au fait, ça en est où, Henry, cette histoire de terrain ?

Henry change subitement de couleur et jette des coups d'œil anxieux alentour.

— J'ai gaffé ? reprend Joseph à mi-voix.

Rose passe la tête par l'encadrement et adresse un regard accusateur à son mari.

— Tu n'as pas pu t'empêcher, hein ?

— De quoi parlez-vous ? demande Manol en s'installant à son tour dans un fauteuil.

— Après tout, ce n'est plus qu'une question de temps... Nous avons proposé à Chiara et à Max d'acheter une partie de la parcelle.

— Le fond, au niveau de la dépendance, complète Henry, soulagé.

— Ils ne veulent pas finir à l'EHPAD ! s'amuse Joseph.

— Disons que nous cherchions à nous rapprocher des enfants et que l'éventualité de faire construire n'est pas plus délirante qu'entreprendre des travaux de rénovation quelque part.

— Quelque chose de plain-pied, ajoute Henry.

— Ce serait cool ! lance César.

— Et ça ferait plaisir à tout le monde ! se rengorge Rose en souriant à son petit-fils.

— Je ne savais pas, déclare Manol sans cacher sa surprise.

— C'est parce que Max réfléchissait à l'éventualité de vendre une partie du terrain que l'idée a germé, se justifie Henry.

— Et puis avec les déplacements de plus en plus fréquents de Chiara…

— Il faut dire que son affaire décolle sacrément vite, souligne Joseph, pas peu fier.

— Bon… C'est mort pour le poker, si je comprends bien, souffle César en observant d'un air las les cartes éparpillées sur la table basse. Je vais jouer avec Charlie dans le jardin.

— On s'y remet tout à l'heure, mon grand, c'est promis.

Ils observent tous les quatre le garçon enfiler ses baskets, puis s'éloigner sur la terrasse.

— En plus, les jardins pourraient communiquer, ce qui ne les priverait pas réellement du terrain.

— Je vois, je vois, dit doucement Manol en tentant de ne pas laisser paraître le fond de sa pensée.

— Gagnant-gagnant, en somme, ajoute ironiquement Joseph en opinant du chef. Si vous avez une chambre d'amis, je mets une option sur votre EHPAD, hein !

— C'est-à-dire que…

— Je blaguais, Rose. Je blaguais, précise Joseph dans un petit sourire.

Il n'est pas mécontent de son trait d'humour. Depuis des années il vit seul, et même s'il voit fréquemment la famille de sa fille et que pour rien au monde il ne voudrait vivre en face de chez elle, l'idée que ses homologues prévoient de le faire titille quelque chose en lui qu'il n'aime pas beaucoup.

16

NEW YORK

Malgré le spray de mélatonine, Chiara ne parvient pas à dormir. Elle a éteint le téléviseur sans réveiller Max, lequel dort présentement tout habillé sur son lit. Ainsi installé, on dirait un enfant qui a lutté sans parvenir à veiller avec les adultes. Après avoir tourné et viré une trentaine de minutes, elle se lève et enfile sans bruit un trench sur son pyjama. Une fois dans le couloir, elle se retrouve perplexe devant l'ascenseur, et opte finalement pour le bar du toit-terrasse. Dans le miroir, elle consulte son reflet chiffonné. Elle avait oublié l'ampleur des ronflements qui, à la maison, lui parviennent étouffés par la cloison qui sépare la chambre du bureau. Il faut impérativement qu'elle se procure une boîte de bouchons d'oreilles.

Il n'est pas si tard sous cette latitude, le bar n'est certes pas bondé mais quelques groupes étirent ensemble la soirée. Chiara n'a pas envie de s'installer à une table, elle veut simplement regarder la ville et s'imprégner de l'ambiance. Capter sa bande-son continue, constituée de coups de frein, de klaxons et de grondements, mêlés à la voix d'Elton John qui entonne « Your Song ». Elle choisit un fauteuil isolé. À cet instant elle se sent en paix, loin de tout, heureuse de ce tête-à-tête avec NYC. La solitude ne lui fait pas peur. Elle espère retrouver après le divorce les sensations qu'elle a connues lorsque, jeune adulte, elle a voyagé seule. Elle a longtemps baroudé en solitaire avant de rencontrer Scott. Bien sûr il y a eu des rencontres, des cultures différentes à apprivoiser, mais avant tout elle s'est recentrée. Elle ne peut réprimer un sourire en se remémorant la scène du dîner. Cette jalousie à propos de Scott… Heureusement qu'il n'apprendra jamais que l'Australien est brièvement réapparu dans sa vie l'année passée… Max a-t-il peur, lui, de l'après ? Elle-même angoisse, mais ne croit pas avoir peur à proprement parler. Ils pénètrent dans une nouvelle phase de leur vie, voilà tout. Regrettera-t-elle leurs moments communs ? Sans aucun doute. Certains, en tout cas, comme les soirées crêpes du dimanche soir ou les virées en famille en forêt. Faire durer serait prendre le risque de piétiner ce qui a été. Leur histoire a été trop parfaite dans les débuts. Elle qui n'avait pas d'idéaux s'était prise à espérer. Mais rien ne dure, surtout à cette intensité. Rien n'est éternel.

Et cette histoire de café… S'étonner qu'elle boive du café, vraiment ? Elle a cru à une blague. Elle qui s'était longuement réjouie d'avoir mis la main sur le vieux moulin Peugeot familial qui patientait dans la cave de son père. Elle qui, chaque matin, met un point d'honneur à moudre des grains, sous les regards incrédules des enfants qui moquent son obstination à plonger dans la nostalgie à chaque tour que fait le moulin. Chiara voit de moins en moins bien la skyline, la faute sans doute à ses yeux qui s'embuent. Bien sûr, elle aime beaucoup de choses chez Max, mais auparavant elle les adorait. Il ne faut plus que cet état de quasi-colocataire dure, sous peine de voir bientôt émerger un sentiment de haine.

Elle visualise la robe de sa mère, glissée dans une housse et pendue dans l'un des placards de la maison. Elle ne regrette rien, mais veut continuer à oser et à rêver. Cela aurait peut-être pu se conclure différemment, mais on ne maîtrise pas les éléments et encore moins les orages. Cela dit, si Max s'était battu, si elle-même s'était davantage accrochée… À leurs dépens, elle a appris que le pardon ne se commandait pas, et tant pis si sa fiche bristol sera bientôt raturée faute d'avoir trop misé sur les fondements de leur amour.

Quand elle rejoint la chambre, Max est allongé dans la même position qu'à son départ. Il ronfle toujours, mais frissonne. Et, avant de se coucher pour de bon, Chiara tire la couverture sur le corps endormi.

17

VINCENNES

Paul sonne plusieurs fois avant de se rabattre sur le heurtoir. Personne à l'horizon. Pas un bruit. Aucun rideau qui flotte. Pourtant, avant de partir de chez lui, il s'est assuré que Rose et Henry soient présents. Il s'agace, Lou a besoin de ce document. Le collège a donné quelques jours de sursis, mais le prof principal des filles s'impatiente : si certains élèves sont en retard dans la remise des dossiers, les autorisations de sortie du territoire risquent de ne pas être demandées dans les temps et le voyage en Angleterre sera compromis pour l'ensemble de la classe. Nouveau coup de sonnette, toujours rien. Il a une clé de secours mais ça l'embête, il ne tient pas à se trouver nez à nez avec Henry, ou, pire, avec Rose au sortir de la douche. Cette pensée le fait rire, chasse sa mauvaise humeur, et il décide de contourner la maison. Enjambant le portillon latéral installé là pour que le chien ne se sauve pas, il tente sa chance par le jardin. Voilà, tout s'explique, les grands-parents s'activent dans le terrain. Il rêve ou bien ils prennent des mesures ? C'était donc ça, la camionnette stationnée sur le trottoir d'en face ! Un maître d'œuvre… Chiara n'a pas fini d'avoir des sueurs froides. Pour ce qu'il en avait compris, l'installation des beaux-parents au fond de la propriété tenait de la vague probabilité ! Ça sent l'embrouille. Ses amis n'auraient jamais dû laisser planer le moindre doute concernant l'aménagement de la dépendance. Il imagine bien que, maintenant qu'ils sont lancés, papy et mamie ne vont pas faire marche arrière facilement. La faute à Max, tout ça, il en est sûr, ce sont ses parents après tout. Tout lui tombe toujours tout cuit dans le bec, à celui-là. D'ordinaire, lorsque quelque chose ne va pas dans son sens, il lui suffit de faire la sourde oreille et hop ! Le voilà tranquille. Même dans le travail, il se repose sur Estéban, qui fait plus que sa part dans leur boîte de logiciels informatiques comptables à laquelle personne ne comprend rien. Cette fois, ce sera une autre paire de manches, se marre Paul, parce qu'à voir Rose s'affairer, mouliner des bras et enchaîner de grands pas censés représenter des mètres, il est clair qu'elle se visualise déjà dans ses murs, la belle-doche ! Oui, il y a quelque chose d'acide dans le contentement de Paul à cette idée, il sortira le pop-corn en écoutant Max lui raconter comment il se prend la tête avec ses parents…

Soudain, Henry avise l'intrus puis, le reconnaissant, adresse un grand signe à son intention, un signe qui dit approche, mon grand, viens donc voir ce qui se prépare !

— Mince ! Paul ! Je t'avais oublié ! s'exclame Rose.

— J'imagine que tu as dû sonner. On n'entend rien d'ici, s'excuse Henry.

Le maître d'œuvre, petit homme trapu aux traits burinés par le soleil, attend poliment que cessent les bavardages.

— Bonjour à tous, élude Paul. Mais je ne voudrais pas vous interrompre.

— Monsieur est géomètre, explique Rose. Il vient voir comment on peut amener le tout-à-l'égout jusqu'à ce niveau du jardin.

L'homme du bâtiment, casqué et tout d'orange vêtu, acquiesce avant de s'en retourner à ses affaires, à la recherche de plots qu'il s'est appliqué à poser afin de matérialiser le trajet de ce que Paul présuppose être un tuyau d'évacuation. Il annonce en avoir terminé sur place. Maintenant il faut s'occuper des plans, reporter sur son ordinateur les données collectées grâce au métreur électronique. Il y a du boulot, il les rappellera dans quelques jours pour les devis.

Tandis que Rose raccompagne l'entrepreneur avec une obséquieuse gratitude, Henry propose à Paul un café que celui-ci s'empresse d'accepter. Ce n'est pas qu'il ait fait grand-chose de sa journée mais une petite pause sera la bienvenue. Ensuite il ira se fader une réunion de copro. Ça promet de durer une bonne partie de la soirée mais l'avantage c'est qu'il aura un peu moins l'impression d'être un imposteur.

Resté seul dans le jardin, Paul respire amplement en détaillant la propriété de Chiara et Max. Un véritable écrin de verdure, dirait un agent immobilier. Et dans un secteur où les mottes de gazon valent une fortune. Il ne sait plus par quel miracle le couple a eu l'opportunité de faire une offre sur ce bien. Sans doute un « effet Chiara », comme Isabelle a coutume de nommer les petits miracles que leur amie provoque fréquemment. Il n'empêche qu'il comprend Rose : implanter ici une petite maison serait sans doute une idée formidable, si le bâtiment ne se trouvait, en définitive, à quinze mètres de sa belle-fille. Oui, cette maison a quelque chose, ce terrain a quelque chose, Chiara a toujours eu un charisme certain et Max, ajouté à cela, potentialise l'ensemble. On se sent bien ici. Bien et serein. Il se retourne un instant et regarde la maison, s'évadant dans une rêverie où il remplace Max, enlace Chiara en rentrant du boulot, joue à la balle avec le chien. La vie serait sans doute agréable.

Paul pénètre dans la cuisine américaine par la baie vitrée laissée ouverte et prend garde à ne pas semer des galettes de terre sur son passage. Tout est toujours nickel ici. Même le chien a l'air de faire attention à ne pas laisser traîner des touffes de poils. Sur l'un des tabourets hauts, placés en face du bar qui délimite l'espace cuisine du séjour, un foulard traîne. Jaune et indigo. Isabelle a le même, les filles les ont achetés lors d'une virée shopping. Elles avaient toutes deux craqué pour cet imprimé. Quelque chose le dérange dans ce constat, sans doute parce que Isabelle est aux antipodes de Chiara. Sur Chiara, ces motifs géométriques, ces couleurs joyeuses et chamarrées vont de soi. Tout lui va, de toute façon. Sur Isabelle… Sur Isabelle, n'ayons pas peur des mots, le foulard fait tache. Il n'est pas raccord avec son teint pâle, absolument pas assorti aux pièces de sa garde-robe… Bref.

— Tout va comme tu veux ? demande Henry à Paul, plongé dans les strates les plus profondes de ses pensées.

— Oui, oui… Vous avez mis la main sur l'autorisation de sortie de Lou ?

— Ah, c'est vrai, Rose m'a parlé de ça. Rosie, tu l'as retrouvée ?

Rose débarque de l'entrée et parvient jusqu'à eux armée d'un petit plateau sur lequel elle a disposé trois tasses fumantes et une assiette de gâteaux secs.

— Je descends de sa chambre, je n'y ai rien vu. Lou m'a pourtant assuré que la feuille était sur son bureau… Elle n'est pas organisée ! s'emporte-t-elle en se dirigeant vers le bar pour examiner une pile de courriers soigneusement superposés.

Paul et Henry s'assoient de concert dans les larges fauteuils du salon.

— Il y a tout un tas de papiers sur le bureau de Max, mais je n'ose pas trop y toucher, dit Henry.

César aurait peut-être pu nous renseigner mais il est parti jouer chez un copain.

— Tu parles... César sait à peine où sont rangées ses chaussettes, s'amuse Rose.

Paul consulte sa montre. Il avait prévu de rouler un peu avant de se rendre à la réunion de copro. Il adore rouler pour rien, ça le détend, surtout en ce moment. Presque un mois qu'il fait semblant de se rendre au travail... S'il traîne, ce sera la mauvaise heure et il ne trouvera que des bouchons.

— C'est une feuille avec l'entête du collège, j'ai vu celle d'Anna. Vous permettez que j'aille jeter un œil là-haut ?

— Oh ! Je te permets tout ce que tu veux, mon cher Paul. Je suis venue ici pour garder les enfants et le chien, pas pour jouer les secrétaires. Pas conséquent, si ça ne t'ennuie pas... déclare Rose.

— Un autre café ? suggère Henry.

— Allez, avec plaisir ! répond Paul. Je monte en vitesse.

— Fais comme chez toi, ajoute Henry en tapant dans l'assiette de gâteaux tandis que sa femme a le dos tourné.

Et alors que Rose, aguerrie aux feintes d'Henry, le prend en flagrant délit de goinfrerie et enchaîne sur un sermon où se mêlent cholestérol et espérance de vie, Paul se hâte en direction de l'escalier. Voilà longtemps qu'il n'est pas monté à l'étage. Il se souvient, au début de leur amitié, Max et lui montaient coucher les filles dans la chambre de Lou quand les soirées s'éternisaient. Il se revoit sur ces mêmes marches, le petit corps endormi d'Anna dans ses bras, qui protestait, bien entendu, assurant qu'elle n'était pas, mais absolument pas du tout fatiguée. Les filles ont tellement grandi, dépassant désormais allégrement le mètre soixante. Il serait bien en peine de porter sa fille comme avant. C'est fou comme c'est à l'aune de souvenirs qui s'invitent sans prévenir qu'on prend conscience du temps qui passe. Rarement à l'occasion d'un anniversaire, en soufflant les bougies figées sur un gâteau, non. Plutôt à l'évocation d'un moment, presque toujours en rapport avec les enfants. Comment ont-elles pu pousser si vite ? Comment ont-ils pu vieillir si vite ? Il a subitement l'envie de sécher la réunion de copro pour faire quelque chose d'inhabituel, ça le changerait. Peut-être un ciné ? Un ciné, mon pauvre Paul. Tu cherches quelque chose de spontané et tu ne trouves qu'« un ciné » ? Décidément, il a bien l'âge de ses artères.

Il progresse dans le couloir, passe devant la salle de bains, la chambre de César, celle de Lou, puis les toilettes. Au fond, la chambre d'amis, qu'il serait plus juste de nommer la « chambre de Manol », et enfin le bureau, au-delà de la suite parentale. Le lit est fait, tout est rangé. Il y a une coiffeuse près de la fenêtre et il trouve ça ô combien sensuel. Isabelle n'a pas de coiffeuse, d'ailleurs il serait bien en peine de dire quand elle se maquille. Sa femme a décidé de ne pas teindre les cheveux blancs qui s'installent et il n'ose pas lui dire qu'il n'aime pas ça du tout. C'est plus fort que lui, ça le met mal à l'aise de voir autant de blanc que de blond. Lui, il se dégarnit, mais ce n'est pas pareil. Les cheveux, à ses yeux, constituent l'un des plus forts symboles de la féminité, et Isabelle, en choisissant le naturel, semble faire une croix sur la sienne. Il ne nie pas qu'il aurait personnellement horreur de s'imposer une coloration chaque mois, mais bon, la nature est ainsi faite : pour lui, une femme, une vraie femme, désirable, n'accepte pas ses cheveux blancs à quarante-cinq ans. C'est peut-être un avis de vieux con, mais c'est le sien. Il contourne le lit et se dirige vers le bureau tout en secouant la tête. Parce que c'est quoi, l'étape suivante ? Elle déambulera en survêt ?

Il ne peut s'empêcher de s'approcher d'un portrait de Chiara. Il la trouve sensuelle et séduisante. Elle est drôle et vivante. Il sent qu'elle n'est pas insensible à son charme et il a plusieurs fois tendu des perches qu'elle n'a pas saisies. Pas encore, en tout cas. Il ne trépigne pas d'impatience à l'idée qu'elle apprenne qu'il a été mis à pied. Pas très sexy, ça. Et tout ça parce qu'il serait trop tactile, parce que ses blagues ne seraient pas acceptables car jugées sexistes. Mon cul, une belle bande de coincés, oui… Non, il n'est pas pressé que quiconque apprenne la nouvelle, alors le matin il part bosser. On verra le temps que ça tient, l'idéal serait qu'il trouve un autre poste entre-temps, mais comme il ne fait rien pour ça, l'éventualité est peu probable.

Les volets sont fermés dans le bureau de Max et l'ampoule du plafonnier explose lorsqu'il actionne l'interrupteur. Paul sursaute. Ça fait un bail que ça ne lui était pas arrivé. Il ramasse comme il le peut les petits débris de verre éparpillés un peu partout. Il faudra qu'il pense à dire à Rose et à Henry de faire attention. Des étagères de dossiers, deux bergères un tantinet défoncées, un canapé-lit et le bureau séparé en deux parties. Il imagine sans peine que la zone rangée est celle de Chiara. De l'autre côté, c'est plus disparate : des carnets, des tickets de métro, des factures de restaurant. Comment réussissent-ils à faire cohabiter leurs univers ? À leur place, il aurait installé deux meubles distincts, ou peut-être investi la chambre qu'occupe Manol. Paul contourne le secrétaire et s'installe dans le petit cabriolet qui sert de chaise de bureau. Sur le tas de Chiara reposent des esquisses, sans doute des idées pour sa future collection de bijoux. C'est quand même fou cette histoire. Changer de voie, entreprendre une formation avec un artisan, des diplômes par correspondance, puis des cours du soir et des journées entières dans des ateliers. Et maintenant ces bijoux portés par des stars… Il saisit le bloc-notes sur lequel des volutes sont tracées. Oui, c'est chouette et totalement prodigieux. Paul soulève délicatement les feuilles mais ne trouve rien de probant sous les dessins. Côté Max, le tri des documents semble avoir été supervisé par une classe de maternelle sous LSD. C'est un tel bazar ! Facture de ramonage, entretien mensuel des espaces verts, devis pour un chauffage au sol… Il avise finalement une chemise fine, de couleur rouge, sur laquelle apparaît le logo d'un cabinet d'avocats.

Il n'entend pas, Paul, César revenir de chez les voisins, interrogé puis missionné par sa grand-mère au sujet du document scolaire. Il ne perçoit pas, Paul, le petit garçon déclarer que, oui, ça lui dit bien quelque chose, peut-être dans la salle de bains (sic). Il ne voit pas le fils de ses amis entrer dans la chambre parentale, puis le bureau attenant. Non, il n'appréhende pas ce qui se passe, parce que quelque chose, situé entre la curiosité malsaine et l'indiscrétion, l'a poussé à écarter les pans d'un dossier estampillé « Me Frêne », avocate spécialisée en droit de la famille. Et quand Paul, sidéré, lève le nez des feuillets, c'est pour découvrir que César lit par-dessus son épaule. Oui, César lit, tout comme lui quelques secondes plus tôt, secondes qui ont traîné dans les longueurs, la première page d'un dossier intitulé « Projet de divorce à l'amiable ». Alors, prenant conscience à la fois qu'il n'est plus seul et qu'il ne pourrait pas être plus mal accompagné, Paul rassemble grossièrement les feuilles et tente de glisser le tout à peu près à sa place initiale. Pour finir, après avoir dégluti avec difficulté, il ose se tourner vers le garçon resté silencieux, qui tient entre ses mains le sésame si difficile à trouver.

— Ça va ? tente Paul, parce qu'il ne trouve rien d'autre à dire et qu'honnêtement il n'est pas très fin psychologue, et encore moins pédopsychologue.

César hausse les épaules, pose sur le bureau la feuille ornée de l'entête du collège et signée par ses deux parents, puis adresse à Paul une moue vaguement désabusée.

— Ça fait un moment que je m'en doutais, de toute manière…

Sans ajouter un mot de plus, il saisit une balle rebondissante qui se trouve dans le fatras de son père et tourne les talons, laissant Paul seul avec sa stupeur.

18

NEW YORK

Max est réveillé par ses propres ronflements. Il se redresse et tente de percer la pénombre autour de lui. À mesure que ses yeux s'accoutument à la faible luminosité, il discerne des formes dans la pièce et la diode de veille d'un écran de télévision. Ils n'ont pourtant pas de télévision dans leur chambre. Et encore moins dans le bureau qu'il occupe désormais. D'ailleurs, il est installé dans un lit simple ? New York, la chambre d'hôtel ! Max distingue les contours de la penderie qui se découpent sur un fond noir et un rai de lumière qui filtre sous la porte. Chiara est là, à cinquante centimètres. Elle dort d'un sommeil agité, tournant plusieurs fois la tête par à-coups et enchaînant des mouvements brusques des bras. Peut-être devrait-il la réveiller ? Qu'est-il indiqué de faire en cas de cauchemars ? Mais Chiara s'apaise naturellement, stoppant là les tergiversations de Max. Il la trouve toujours très belle, l'âge commence à peine à la griffer. Elle a maigri, ou quoi ? Son profil est joli à détailler dans la pénombre. Il lui vient, en la regardant, des considérations botaniques. Une fleur totalement épanouie, des choses comme ça. Il a bu un verre de trop, sa boîte crânienne semble trop étroite pour ses circonvolutions cérébrales. Il cherche la petite bouteille d'eau, posée sur la table de nuit, tâtonne avec d'infinies précautions puis enfin, la localise. Il va avoir un mal fou à retrouver le sommeil ; il allumerait bien la télévision, à défaut de scroller sur son portable qu'il sait à court de batterie, mais ne veut pas prendre le risque de réveiller Chiara. À la place, allongé sur le dos, la tête enfoncée dans un oreiller qu'il trouve trop moelleux pour ses cervicales, les mains jointes sur le sternum, il entreprend d'attendre le retour de Morphée.

Ses pensées traversent l'Atlantique. Les nouvelles données par les enfants sont laconiques, donc bonnes. Il s'est vexé plus qu'il ne l'aurait voulu pour cette histoire de demande en mariage, mais franchement, c'est légitime, non ? Pourquoi faut-il qu'un truc pareil sorte maintenant, c'est pire qu'un pavé dans la pièce montée. Ils auraient dû annoncer leur séparation il y a des mois, plutôt que de mener cette mascarade de cohabitation. S'ils n'y prennent garde, ça va tourner au pugilat. La faute à Chiara, qui redoutait la réaction de leurs proches. Pour ce qui est des enfants, il peut saisir son appréhension. Mais mis à part ça… Joseph réagira comme à son habitude, c'est-à-dire pas des masses, quant à ses parents… Oui, ses parents vont avoir du mal à encaisser la nouvelle, c'est certain. Il sait combien les apparences comptent pour ses géniteurs, qui percevront fatalement le divorce de leur fils comme un échec. Surtout sa mère qui tient le mariage et la famille pour seuls accomplissements. Elle qui a passé l'entièreté de sa vie à se consacrer à son mari et à ses enfants. Il faut voir comme elle regarde Diane depuis que celle-ci a annoncé qu'elle ne souhaitait pas d'enfants. Ah, c'est sûr que sa sœur est peu mise en avant dans leurs discussions de quartier… Bah, tout le monde s'y fera, et tant que les enfants se sentent entourés et écoutés, il se fout du reste. Enfin, a priori.

Chiara se met à ronfler faiblement. C'est plutôt d'un couinement aigu qu'il s'agit, on se croirait en présence d'un petit animal. Max, dans le noir, réprime un fou rire. Elle ne supporte pas qu'il le lui fasse remarquer, mais elle a toujours couiné. Quelque chose en rapport avec la cloison nasale, il ne sait plus vraiment. Et puis une idée en amenant une autre, il se demande avec une pointe d'angoisse s'il supportera d'autres bruits. Qu'ils soient couinements ou ronflements. Des bruits autres que les siens.

19

VINCENNES

Paul, toujours assis au bureau, est incapable de bouger. Il n'a pas eu le courage de retenir César, qui, visiblement, a repris le cours normal de ses activités. Il entend des choses à propos d'un goûter. Ça cause verre de lait et tartines de Nutella. C'est peut-être ce qui le cloue le plus. Comment, à onze ans, peut-on réagir de la sorte ? Et surtout, comment César a-t-il saisi si vite les faits ? Ses parents s'apprêtent à divorcer et il semble à peine étonné. Pourtant Chiara et Max paraissent toujours complices.

D'abord, il a rangé les documents comme s'il craignait qu'on ne lui demande des comptes. Peut-être de peur que Rose et Henry ne se doutent de quelque chose. Mais à présent qu'il a réussi à se calmer un tant soit peu, il ne résiste pas à la tentation de ressortir le dossier en vitesse. Il n'a devant lui que quelques secondes : son absence prolongée paraîtra d'autant plus suspecte que César a mis la main sur le document du collège. Bordel, il n'a pas halluciné, c'est bien ça. Projet de convention de divorce à l'amiable. Il a raté un épisode ou quoi ? Après la stupeur, le voilà visité par l'abattement. Quelle étrange chronologie des sentiments… Il y a trois minutes il était sur le cul, là il est profondément attristé, mais cette émotion est vite bousculée par la colère. Rage de ne pas savoir, de ne pas comprendre, d'être dans l'obscurité la plus profonde. César, qui a si peu réagi, semblant même savoir. C'est incompréhensible et pourtant notifié noir sur blanc, le tout sur trente-quatre pages agrafées et datées de la semaine précédente, s'il vous plaît. Et à la fois, si Chiara devient célibataire…

— Tout va bien, Paul ? s'inquiète Henry depuis le rez-de-chaussée.

Tandis qu'il range une nouvelle fois le dossier à sa place, c'est-à-dire dans l'amas de documents regroupés en dépit du bon sens, il cherche comment se comporter et que dire. Dans la cage d'escalier, une marche après l'autre – le pas est lent, les pieds de plomb –, il repense à la soirée surprise. Au cadeau new-yorkais et aux bouteilles descendues. Si Rose et Henry sont au courant, il leur tire son chapeau, la Comédie-Française n'a qu'à bien se tenir. Mais pourquoi ? Surtout, pour quoi ? Et puis aussi… merde. Si ça arrive vraiment, si tout cela est bien réel, Chiara pourrait balancer les avances qu'il lui a faites. Isabelle ne lui pardonnerait pas et sa situation est déjà assez compliquée d'un point de vue professionnel pour qu'elle le devienne à titre perso. Du calme, voilà, il faut impérativement qu'il garde son calme.

Dans l'entrée, Rose l'attend, un rictus crispé arrimé à ses lèvres grêles et fanées par le temps. Il est resté clairement trop longtemps à l'étage pour qu'elle ne se questionne pas. Paul lui renvoie un sourire et avise César en train de manger devant la télévision. Le chien, sagement assis à ses côtés, fixe la bouche du petit garçon, tendu par l'espoir permanent qu'un morceau de pain tombe.

— Ton café va être froid !

César garde le regard fixé sur l'écran, ne portant aucune attention au reste.

— Pardon, Rose. J'étais perdu dans mes pensées… Je n'étais pas monté là-haut depuis un paquet d'années. Lorsque nous couchions les petites quand elles avaient cinq ou six ans…

— Que veux-tu, le temps passe ! s'exclame-t-elle, visiblement satisfaite par cette explication.

La grand-mère l'escorte jusqu'au salon où la tasse n'est effectivement plus fumante.

— Mais tu veux que je te dise ? C'est maintenant que c'est le plus difficile : à votre âge on prend conscience que la pente est descendante. Ensuite, on continue à rouler dangereusement, mais on s'est fait à l'idée.

À côté de César, Henry paraît également hypnotisé par le dessin animé. Le document du collège retrouvé, toute cette histoire de paperasse n'est plus que de l'histoire ancienne ; le quotidien peut reprendre son cours. Paul pose un sucre sur sa cuillère et l'immerge dans la boisson tiède. Le café s'infiltre doucement au creux des grains agglomérés. Bientôt, le carré se dissout par la base de la structure mais Paul garde sa main parfaitement immobile. Il faut que tout reste intact. Trop vite, les fragments de sucre se désunissent, cédant au liquide qui s'insinue et à sa température qui modifie sa texture. En un clin d'œil, il ne reste dans la cuillère qu'une petite flaque un peu plus dense, à peine visible. D'un geste las, Paul abaisse le couvert jusqu'à le laisser toucher le fond de la tasse.

Que va-t-il faire de ça ? Qui, déjà, est au courant ? Rien ne devrait changer. Lui-même, à cet instant, n'est, à l'échelle de l'humanité, rien de plus qu'une petite flaque. Sur le mur, une galerie de portraits, des images de vacances, des agrandissements de photos. La famille parfaite, et sur la plupart des clichés, Chiara qui sourit, grimace ou regarde dans le vague. Si Max et Chiara divorcent réellement, pour lui, des jours stressants sont à venir. Et question avenir foireux, il a déjà de quoi s'occuper.

20

NEW YORK

Max se réveille tandis qu'un rayon de soleil se pose sur son visage. Chiara lui tourne le dos. Elle se tient devant la fenêtre et observe la rue en silence. Elle a vraisemblablement déjà pris sa douche et porte une robe longue sanglée d'une ceinture surdimensionnée. Les pieds nus, enfoncés dans la moquette épaisse, la tête penchée sur le côté, elle accroche une boucle à son oreille. Sans doute un prototype, pense Max qui ne manifeste pas qu'il est réveillé. Il aimerait photographier l'instant tant ce qu'il observe lui évoque un tableau d'Edward Hopper. Le ciel azur, les silhouettes des buildings au loin, en deuxième plan les fenêtres de l'immeuble voisin et au premier plan Chiara, olympienne. Étrange impression que de l'observer à la dérobée, si sûre d'elle, si présente au monde, alors qu'il pensait que cette facette de sa personnalité appartenait au passé, qu'elle n'était plus tout à fait la femme pour laquelle il avait eu cet incroyable coup de foudre. Il n'est pas nostalgique non plus. Ils vont terminer proprement leur histoire parce qu'ils se sont aimés passionnément et qu'il serait vraiment moche de se détester. Il est heureux de passer quelques jours en tête à tête avec elle, loin de chez eux et loin des autres. Oui, c'est une belle fin, et bientôt ils prendront un nouveau départ, en bonne intelligence.

— On va déjeuner ? interroge Chiara sans se retourner.

Il sourit. Elle est décidément très forte.

— Tu as des yeux dans le dos ?

— Ta respiration a changé.

Max se redresse, il s'est dans la nuit débarrassé de son pantalon et de ses chaussettes mais a conservé sa chemise.

— Si tu me demandes mon avis : oui, prends une douche au préalable, les autres clients t'en seront reconnaissants.

— À vos ordres, chef ! Tu as bien dormi ?

— À peu près, ment-elle en passant sous silence sa promenade nocturne.

Un peu trop vivement, Max se redresse et embrasse la pièce du regard.

— Tu n'aurais pas vu mon portable ?

— Je l'ai mis à charger, annonce Chiara en se retournant enfin, désignant tout à la fois le petit bureau et l'adaptateur fiché dans une prise.

Max la remercie d'un signe de tête et, après un instant d'hésitation, se dirige vers la salle de bains, trousse de toilette à la main. En effet, il a soudain grand besoin d'une douche, crispé par le fait que sa femme ait manipulé son smartphone. Oui, tout à coup, il respire un peu plus difficilement : et si la sérénité affichée de Chiara était de l'agressivité contenue ?

21

VINCENNES

Paul veut rouler, mais ne sait quelle destination ou quel itinéraire prendre. Il ignore quoi faire de ce qu'il vient de découvrir. Il a envie de partager cette information, mais pas, alors certainement pas, avec Isabelle. Il sait d'avance que sa femme va monter dans les tours, façon drama queen hystérique, et tout ça sans compter que Lou est chez eux pour la semaine. Après une vingtaine de kilomètres à arpenter des zones industrielles sans intérêt, il décide de contacter Estéban et Lucie, meilleurs amis respectifs de Max et Chiara. Eux sauront. D'ailleurs, eux savent peut-être déjà.

Il appelle sa femme, il rentrera tard. Oui, il a bien récupéré le sésame pour le séjour en Angleterre des filles. Rien de grave, la réunion de copro qui s'éternise. Mon cul, pas question qu'il foute un pied à cette connerie.

À 19 heures, Paul s'attable dans une brasserie située près des bureaux de Lucie. Il a mis le ton en les appelant, de fait ils ont promis de le rejoindre au plus vite. Ils arrivent de concert et pressent aussitôt Paul de questions. Il y a dans l'air une ambiance conspirationniste, sans doute celui-ci dramatise-t-il la situation, pourtant, lorsqu'il explique aux deux autres l'objet de cette surprenante convocation, il lit sur leurs visages l'étonnement le plus sincère.

— C'est une vanne ? tente froidement Lucie, qui, fidèle à sa réputation de reine de glace, et généralement avare de démonstrations, s'est déjà ressaisie.

— Pas du tout ! objecte Paul en se tamponnant le front avec une serviette en papier.

Lucie scanne l'oiseau de mauvais augure avant de décider qu'il dit la vérité. Estéban, depuis l'annonce, ouvre de grands yeux et instille à son corps, sans discontinuer, un mouvement de balancier, comme si tanguer d'arrière en avant pouvait l'aider à se concentrer.

— La vache, finit-il par prononcer.

— La vache ?! C'est tout ce que tu trouves à dire ?

— Je suis sur le cul... En soi, ce sont des choses qui arrivent, bien sûr, mais eux ?

— Donc, vous n'étiez pas au courant ?

Lucie, l'esprit confus, hésite à livrer le fond de sa pensée. Elle est avant toute chose l'amie de Chiara et jamais il ne lui viendrait l'idée de la trahir. Seulement, si Paul dit vrai, imaginer que Chiara ait préféré taire ses soucis conjugaux à ce point... Elle ne sait si elle la plaint d'avoir gardé ce secret pour elle seule, ou si elle est piquée d'avoir été tenue dans l'ignorance. Bien sûr, elle se souvient de l'été précédent, au cours duquel elle avait deviné que le couple traversait des turbulences. Cette fois-là, Chiara avait momentanément baissé la garde. Elle finit par secouer la tête, croisant les bras sur son ventre et s'adossant à la banquette, à la manière d'une petite fille qui se renfrogne.

— Punaise, non. Je ne savais pas.

Paul se sent un peu idiot, à présent. Éventer la nouvelle était sans doute une très mauvaise idée mais il n'en a pas eu d'autre. Et puis, égoïstement, il avait surtout besoin de s'épancher.

— Le pire, je crois, a été la réaction de César quand il a lu par-dessus mon épaule.

Lucie s'anime soudain :

— Parce que tu as laissé César lire ? C'est une blague ! Qu'est-ce qu'il a dit exactement ?

— Oh ! Du calme ! J'étais tellement scié que je ne l'ai pas entendu entrer dans le bureau. Il a dit qu'il s'en doutait, ou quelque chose comme ça.

— Et tu ne lui as pas demandé pourquoi ? insiste Estéban qui s'enflamme à l'idée de ce que César a pu ressentir.

— Tu es marrant ! Il s'est barré devant la télé ensuite. Je n'allais quand même pas le soumettre à la question devant ses grands-parents !

— Formidable… Alors tu es venu poser ta bombe sur cette table et on doit se débrouiller avec, si je comprends bien, s'irrite Lucie.

Dans les poches et les sacs, leurs téléphones bipent quasi simultanément.

— Manquait plus que ça, maugrée-t-elle en prenant connaissance du message.

Ils restent silencieux, le temps de lire les quelques lignes : Isabelle profite de sa soirée solo pour lancer les invitations au visionnage des souvenirs vidéo new-yorkais le lendemain soir au domicile de Paul et d'Isa.

— Marrant que ta femme t'envoie un message, se moque Estéban.

— Ça va… Elle sait que j'ai un rapport pathologique aux horaires, c'est son moyen de me mettre la pression.

— Sujet sensible, à ce que je vois ! renchérit Lucie, soudainement amusée.

— Tu ne vas pas t'y mettre ! Cela dit, elle fait ça chaque fois…

— À ce propos, Isabelle n'est pas au courant ? s'enquiert Estéban.

— T'es fou ! Je ne lui ai encore rien dit ! Mais franchement, ça m'étonnerait fort.

La bouche de Lucie se mue en moue perplexe. Gardant pour elle ses réflexions, elle hoche la tête en silence, ce qui a pour effet de faire rebondir son parfait carré blond. Dans la foulée, Estéban consulte sa montre avant de saisir la veste qu'il a abandonnée près de lui sur la banquette.

— Désolé, j'ai un dîner.

D'un geste qu'on pourrait juger désespéré, Paul le retient par le poignet.

— Attends ! On fait quoi ?

Estéban, surpris, dégage doucement mais sûrement son bras et se lève.

— Que veux-tu ? Il n'y a rien à dire, et encore moins à faire.

Lucie termine son verre de blanc et passe la bandoulière de son sac à main par-dessus sa tête avant de se lever à son tour.

— Donc on va jouer la comédie, c'est ça ? On se voit demain soir et on fait comme si de rien n'était ? C'est le plan ?

Il y a dans sa voix quasi plaintive une détresse maladroite qui surprend ses complices.

— C'est quoi, ton problème, Paul ? tranche Lucie.

Il les dévisage, l'un puis l'autre, cherchant désespérément dans le brouillard de son esprit une explication cohérente qui ne vient pas.

— Vous semblez oublier que Lou est chez nous…

— Mince, c'est vrai, répond Estéban, planté à côté de la table, le regard perdu dans la reproduction d'un Mucha qui orne tout un pan de mur.

— Et puis, je ne sais pas, moi. C'est un truc de dingue : Chiara et Max, quoi !

Trois soupirs se confondent dans l'ambiance bruyante de la brasserie. Bientôt, les amis passent le seuil de l'établissement dans un silence pythagorique. « Maxiara », le couple iconique, le socle de leur petit monde, exploserait ? C'est aussi incompréhensible que déstabilisant. Ils sont choqués, comme on peut l'être en apprenant un décès, abasourdis par tout ce que cette rupture peut dire de la vie.

Un temps unis sur le trottoir par la révélation, ils se séparent rapidement, chacun emportant avec lui une part de la nouvelle, et ses conséquences. Paniqué, irrité ou peiné, c'est selon, Estéban, Paul et Lucie s'embrassent avant d'emprunter des directions différentes. Chacun d'eux soucieux de cogiter en solitaire. Paul regarde les deux autres partir, puis, incapable de rentrer chez lui, retourne dans le bar et commande un verre au comptoir. Interrogeant mentalement les bouteilles de whisky alignées, à défaut du serveur, il divague. Son esprit saute d'un problème à un autre. Chiara célibataire, mais Chiara qui peut-être parlera de ses avances ou y cédera, Isabelle qui pompe tout son oxygène et pas l'ombre d'un emploi à l'horizon. Reste-t-il une chose dans sa vie qui ne parte à vau-l'eau ?

22

NEW YORK

Après un copieux petit déjeuner au restaurant de l'hôtel, Max et Chiara s'offrent une promenade dans Central Park. Nulle mention n'a été faite de la soirée de la veille, pas la moindre allusion à l'Australien, ou à une quelconque rancœur, fût-ce à propos d'une proposition de mariage ou autre. Il n'est question que de New York, du guide touristique que Chiara sort de son sac à main à tout-va, et de la séance à venir avec l'étrange FX. En parfaits promeneurs, ils déambulent sur le Mall, grande avenue piétonne bordée d'arbres tout aussi emblématiques, sans rien rater bien sûr des bancs qui arborent des plaques aux noms des donateurs. S'ils s'arrêtent rapidement devant la Bethesda Fountain, ce n'est que pour gagner au plus vite l'Ouest. Le long du lac, ils cheminent dans Strawberry Fields, une zone abritant le mémorial en l'honneur de John Lennon. Ils se perdent ensuite dans la partie la plus boisée de l'immense parc, peinant à croire qu'ils sont au cœur de Manhattan. Mais l'heure tourne et il est temps d'aller découvrir le panorama depuis les hauteurs de l'Empire State Building. C'est peut-être ça, la recette, la clé d'un séjour réussi. Faire semblant, faire comme si, un trompe-l'œil en guise de pas encore, ou de longtemps après. C'est sans doute la solution, oui, et Max et Chiara, tacitement, jouent le jeu qu'il faudra servir à FX pour que leurs proches en aient pour leur contribution. Alors, côte à côte et d'un pas décidé, ils s'avancent vers la silhouette noueuse et dégingandée qui, aux caisses du building, tourne autour d'une hôtesse.

— C'est pas croyable ! Il est en chasse permanente !

— Allez, on s'en débarrasse au plus vite, s'encourage Chiara.

— Désolé, hein. Il m'insupporte, c'est viscéral.

— Viscéral, carrément.

À force de raclements de gorge et de toussotements, le copain de Manol lâche enfin sa proie et daigne se retourner.

— Ah, voilà les plus beaux !

— Bonjour, FX.

— Alors cette lune de miel ? Pas trop jet-lag ?

Chiara n'a pas besoin de regarder Max pour deviner qu'il a entrepris des exercices de respiration abdominale.

— On passe un très bon moment.

— Justement, on a hâte de poursuivre notre programme, donc si on pouvait optimiser la séance, lâche Max sans faire le moindre effort de courtoisie.

Le grand blond opine du chef d'un air entendu, comme s'il voyait parfaitement ce qu'envisageait Max, et désigne d'un index expert les portes de l'ascenseur.

— *Yes!* Je comprends tout à fait ! Ah... New York la première fois... Vous allez finir sur les rotules, les amis !

— Par là ? enchaîne Max sans laisser plus de place aux banalités que le caméraman a visiblement bien l'intention de continuer à leur servir.

— Euh... tout à fait.

Chiara est au spectacle. Mi-gênée, mi-amusée, elle se délecte de la mauvaise humeur de Max que FX horripile, et ne compte pas bouder son plaisir. Le professionnel leur sert le laïus qu'il a l'habitude de dérouler, sans rater les silhouettes féminines qui croisent son chemin. Alors que Max presse le pas en direction de l'ascenseur, FX leur explique la géographie des lieux. Il y a deux étages pourvus d'observatoires mais celui du 86e est dépourvu de vitres.

— Comme c'est ouvert aux quatre vents, il y fait pas chaud, mais ça donne des images fantastiques !

FX observe le couple en tee-shirt et secoue la tête en pinçant fort les lèvres.

— Ah ! la la ! Je vous avais pourtant dit d'emporter une petite laine ! les sermonne-t-il d'un ton paternaliste.

Ni Chiara ni Max ne prennent la peine de le contredire, mais vent ou pas, ils veulent se débarrasser au plus vite de la corvée.

— Cela dit, si vous êtes vraiment pressés, on zappe le 86ᵉ et on passe direct au 102ᵉ ! L'observatoire est très bien aussi !

— Ce sera parfait, assène Max.

Dans l'ascenseur de verre qui relie les 86ᵉ et 102ᵉ étages, FX en profite pour reprendre la discussion à sens unique.

— En plus regardez comme c'est génial : on peut voir la flèche de l'intérieur pendant qu'on monte ! Vous allez voir, arrivés là-haut, c'est petit, mais la vue complète à trois cent soixante degrés est dingue ! Un effet waouh qui met vraiment en valeur l'emplacement central de l'Empire State Building à Manhattan.

— Le mec a avalé *Le Routard*, glisse Chiara à l'oreille de Max quand FX a le dos tourné.

Pourtant, FX ne ment pas. Au 102ᵉ niveau du building, la vision est effectivement « waouh ». Le couple passerait volontiers un moment à deviner les monuments depuis ce point de vue imprenable, mais c'est sans compter l'exubérance de leur accompagnateur qui se met aussitôt à les cadrer avec force gestuelles pouces index. Il est clair qu'il se gargarise de la fascination qu'il produit sur les touristes présents, auxquels il ne manque pas de glisser quelques cartes de visite.

— Bon, on n'en a pas parlé hier, mais faut du love. Qui dit anniversaire de mariage, dit complicité. Donc on s'étreint, on s'embrasse, on se touche. Je veux du contact ! La petite famille veut du souvenir, on va lui en mettre plein la vue !

FX n'attend pas de réponse, à dire vrai, et déballe son matériel tout en continuant à soliloquer.

— Insupportable… râle Max.

— Allez… Trois séances, trois petites séances, tempère Chiara en réprimant elle-même le rire qui gronde dans sa cage thoracique.

— Trois de trop.

— Tu disais qu'il fallait prendre ça pour une blague ! Alors joue !

Et le plantant là, Chiara se poste devant une vitre en prenant la pose.

— FX ? C'est comment ici ?

— Parfait, *darling* ! Tu es parfaite ! Je propose que vous déambuliez le long des vitres et que vous tendiez la main vers Central Park. Et ensuite le One World Trade Center.

— Comme ça ?

— Oui, monte le bras et fais semblant de toucher la flèche, là ! Oui ! Fantastique ! Tu as fait du mannequinat, non ?

— Non, jamais, minaude Chiara tout en sachant que Max manque de s'étouffer un peu plus loin.

— Si j'avais une agence, crois-moi, tu croulerais sous les contrats, renchérit FX, lancé dans son délire. Bon, Max, donne-moi ce sac à dos, ton téléphone, et viens par ici !

FX agite sa caméra dans sa direction et Max daigne enfin se joindre à la mascarade euphoriquement orchestrée. Les futurs divorcés se prêtent au jeu, et sur la pellicule les moqueries passent sans le moindre souci pour de la complicité amoureuse. Ils n'échappent à aucun cliché : leurs silhouettes se découpant dans le soleil couchant, quelques simulations de chutes sur un sol de verre, et même des poses devant un gigantesque King Kong en résine, installé là dans le cadre d'une exposition. Chiara se bidonne des pitreries de Max.

— Et moi, tu ne me demandes pas si j'ai fait du mannequinat ?

— Mais grave ! *Awesome, guys! Awesome!* Mince alors, si tous les couples étaient aussi inspirés que vous !

— On est au summum de l'inspiration, ouais, répond Max tandis que Chiara lui balance un coup de coude dans les côtes.

— On va se régaler pendant le survol de Manhattan. Et même chose à Ellis Island, c'est moi qui vous le dis ! se réjouit FX, ravi d'une telle coopération.

Après une demi-heure de prises de vues, le professionnel remballe avec application caméra et accessoires. Chiara respire un peu plus amplement. S'ils parviennent à dédramatiser, les images feront tout à fait l'affaire pour leurs proches.

— Bon, rendez-vous dans deux jours, *right* ? Chiara, je t'envoie les coordonnées exactes pour l'hélico.

— On fait comme ça, oui.

— Allez, je file. C'était top ! *Awesome!*

— Parce que tu es *awesome*, surenchérit Max.

FX, aux anges, hoquette en riant.

— Un vrai régal de bosser avec vous... Oh ! J'allais embarquer vos affaires, dit-il en les sortant de sous son manteau.

Le caméraman tend son sac à Chiara et marque un temps d'arrêt lorsqu'il ôte le téléphone de Max glissé dans la poche arrière de son jean.

— Trente notifications de Roxane, dites donc. Elle en a des choses à dire, celle-là !

Dans la seconde, l'exaltation de Max déguerpit par-delà les immeubles environnants.

Et, tandis que FX disparaît derrière les épaisses portes de l'ascenseur, non sans avoir conseillé à ses nouveaux clients préférés de profiter du soleil qui tire sa révérence sur la ville, Max évite tant que faire se peut de croiser le regard de Chiara.

23

PARIS, DIX ANS PLUS TÔT

Chiara a choisi de rester à la maison. Elle entame son huitième mois de grossesse et n'en peut plus de la chaleur qui s'installe en ce début d'été. Elle tenait à être présente pour l'inauguration des nouveaux locaux de l'entreprise d'Estéban et de Max mais, même avec la meilleure volonté du monde, l'idée de s'y traîner ne serait-ce qu'une petite heure est au-dessus de ses forces. Tandis que Max se prépare, elle installe leur petite Lou devant un dessin animé avant de le rejoindre dans la salle de bains.

— Je crois que je vais me coucher en même temps que Lou.

Max s'apprête. Il ajuste son col de chemise, vérifie que le reflet renvoyé par le miroir lui convient et se tourne vers sa femme, maintenant assise sur le rebord de la baignoire.

— Tu as bien raison !

— Ça m'embête quand même de ne pas venir…

Max dépose un baiser distrait sur ses cheveux avant de retourner s'asperger de parfum.

— Tu ne vas pas rater grand-chose, tu sais. Je vais principalement serrer des pinces et réseauter.

— Peut-être, mais j'aurais voulu être avec toi.

Chiara se lève à grand-peine, se poste à côté de son mari et incline sa tête jusqu'à la poser doucement sur son épaule.

— J'en ai marre d'être enceinte.

Max, qui arrangeait ses cheveux, suspend son geste.

— Je ne peux malheureusement pas y faire grand-chose, ma chérie… Et sache que je te trouve toujours aussi sublime enceinte, assure-t-il en plaçant l'index sous le menton de sa femme.

— Ouais, ben, on voit que ce n'est pas toi qui trimballes cet énorme truc, rit-elle en désignant son ventre proéminent.

Il bombe le torse et redresse les épaules.

— Bon, j'y vais… Comment tu me trouves ?

— Canon.

— C'est gentil. Sur ce, le canon te souhaite une paisible soirée.

— Essaie de ne pas faire trop de bruit en rentrant, j'ai le sommeil tellement léger en ce moment.

— Promis. Et si besoin, j'échouerai tel un cachalot dans le canapé.

Max attrape la veste pendue au radiateur et quitte la suite parentale pour rejoindre Lou dans le salon. La petite est toujours assise en tailleur devant l'écran de télévision, hypnotisée par le suspense insoutenable d'une scène, Tchoupi hésitant à voler le goûter d'un camarade de classe.

— Papa part travailler, ma puce. Sois bien sage avec maman, OK ?

Lou, un pouce dans la bouche, hoche la tête sans quitter la télévision des yeux.

— Je ne fais pas le poids…

— Personne ne fait le poids contre Tchoupi.

Chiara se presse contre son mari. Celui-ci l'étreint tendrement en retour avant de quitter l'appartement sur une pirouette. Tandis qu'en fond sonore Tchoupi se lance dans un grand débat sur le boutonnage des chemises – faut-il débuter par le haut ou par le bas ? –, Chiara entreprend de laver l'assiette de Lou. Elle-même n'a pas très faim ce soir, un yaourt et quelques fruits secs feront l'affaire.

Elle retire ses chaussures et goûte le délicieux contact du sol frais contre ses pieds gonflés. Adossée au plan de travail de la cuisine, elle observe Lou, qui voue un culte à… quoi ? Un pingouin ? Elle adore lorsque la fillette se cale sur le canapé, entre eux deux, son doudou bien coincé sous le bras. Elle aime l'odeur de cette petite nuque au réveil, mélange de transpiration et de shampoing pour bébé. Demain ils l'emmèneront au parc où elle s'adonnera à son activité favorite : donner du pain aux canards. Qu'ils sont heureux, tous les trois. Il est insensé d'imaginer que dans quelques semaines ils seront quatre.

Chiara ambitionne de se coucher avec un livre quand Lou vient la supplier. « Zuste un épisode. Un vrai dernier. » Elle cède en riant, elle va en profiter pour lancer une machine. Distraitement, elle trie le linge, les sous-vêtements, les tee-shirts et les chemises, quand, dans la poche d'un pantalon qui attend son tour depuis un moment, elle trouve un briquet. Elle sourit, si Max fume de temps à autre il s'arrange en tout cas pour ne jamais le faire devant elle, qui a eu un mal fou à arrêter. Plus profondément enfoui dans la poche, Chiara sent un papier, qu'elle extirpe, perdue dans ses pensées, se figurant qu'il s'agit d'un mouchoir roulé en boule s'apprêtant à vandaliser toute la machine de petites peluches. Sans y prêter plus d'attention elle jette le briquet et le reste dans la corbeille, mais quelque chose, alors, un sentiment impérieux, qu'on pourrait imaginer être de l'ordre de l'intuition, lui fait suspendre son geste. Lorsque Lou tente – c'est de son âge – « Encore un, maman, s'il te plaît ! », Chiara répond un oui qu'elle ne s'entend pas même prononcer. Accroupie comme elle le peut devant la poubelle, elle déplie ce qui en fait de mouchoir est en réalité un ticket de caisse plié en quatre. Sur le morceau de feuille délavé, elle distingue un prénom féminin et un numéro de téléphone. Son cœur manque un battement, et tout aussitôt elle perçoit dans son cou et dans toute sa gorge un afflux de sang. Pas de panique. Il y a des chances que ce ne soit rien. Bien sûr que ce n'est rien, mais… Quoi, elle ne sait pas, pourtant quelque chose s'éveille en elle. Des signes qu'elle a plus ou moins volontairement ignorés, peut-être ? Des réponses plus évasives que d'habitude, oui, c'est sans doute vrai, comme le week-end dernier lorsqu'elle a taquiné Max sur la durée de son footing. Et puis il y a « elle », corps et esprit totalement tournés vers la grossesse et la gestion de Lou, sans compter la formation qu'elle vient d'entreprendre. A-t-elle été à ce point déconnectée ?

Comment atterrit-elle dans le bureau, l'ordinateur de Max sur les genoux ? Elle ne saurait refaire la chronologie de la soirée, si ce n'est qu'avant toute chose elle a bordé sa fille. Lou a choisi le livre, une sombre histoire de cabane à construire avec pour personnage principal un hérisson, et en a imploré avec force mimiques la lecture de trois chapitres. Plus tard dans la nuit, lorsque Max est rentré passablement éméché et ravi de sa soirée d'inauguration, il a trouvé sa femme dans le bureau, le visage fermé d'avoir trop pleuré.

Il aura beau supplier, expliquer qu'il ne s'agit que de flirt, de séduction, il aura beau jurer que ces centaines de mails et communications téléphoniques ne veulent rien dire. Tenter d'assurer qu'il n'aime qu'elle. Il ne comprendra pas que la situation est bien plus grave que ce qu'il peut imaginer. Les idéaux de Chiara ont, pour toujours, volé en éclats.

24

VINCENNES

Chez Paul et Isabelle, tout est prêt. La maîtresse de maison a vu les choses en grand. Mini pizzas, réductions ou autres roulés, gracieusement agencés sur des plateaux, eux-mêmes expertement disposés sur une nappe blanche à fins liserés gris, s'offriront aux regards avant d'être engloutis. Isabelle, satisfaite, observe le résultat. Elle sait posséder ce sens du raffinement, cet art d'harmoniser textures, matières et couleurs, fruit d'années d'études de magazines de décoration. Depuis qu'elle a reçu le fichier vidéo par mail, elle s'active, heureuse d'accueillir tout ce petit monde dans leur maison. Elle adore recevoir. Petite, déjà, elle organisait pour ses poupées des goûters fantaisie, où les cailloux tenaient lieu de bonbons et les barquettes de petits-suisses de mets incroyables et savoureux, un peu à la façon de ceux qui occupaient les après-midi des Camille, Paul et Sophie de la comtesse de Ségur. Plus tard, quand d'autres adolescentes rêvaient de liberté et de soirées débridées en boîte de nuit, elle s'imaginait, adulte, organisant galas, planifiant mondanités et dressant des plans de table alambiqués. Pour vivre véritablement ces expériences, il eût fallu épouser un diplomate, quelque aristocrate ou encore tenter la voie de l'hôtellerie ou de l'événementiel. Son emploi de clerc de notaire ne lui permet aucunement d'assouvir la passion honteuse qu'elle voue à *Arts de la table Magazine*. Et Isabelle a épousé Paul, qui n'a pas un penchant surdimensionné pour les convenances, et dont l'emploi, en tant que cadre dans une entreprise d'import-export, n'occasionne que peu de réceptions. Tant pis, contre mauvaise fortune, Isabelle s'efforce de faire bon cœur, et en l'occurrence, elle est présentement ravie de rassembler en sa demeure les parents et les proches de Chiara et Max. Tout en chassant une miette imaginaire de la nappe, elle jette un œil à l'horloge murale. À l'étage, Anna et Lou gloussent en regardant des vidéos sur TikTok, et la porte du garage coulisse dans un grincement, annonçant le retour de Paul. Isabelle réajuste sa queue de cheval et sourit à son reflet dans le miroir de l'entrée. Bientôt la maison sera emplie de vie.

*

Dans la voiture, Mélanie est mutique. Estéban cherche des sujets pour combler le silence. Il évoque sa nuit hachée par le réveil de son ulcère, les nombreux reflux gastriques. Des mois de guerre froide. Si Mélanie tient à assister à quelques soirées communes, c'est pour l'avoir à l'usure, pense Estéban. Lui et son compte en banque.

— Tu sais ce qu'il te reste à faire... souffle Mélanie, déjà excédée.

— Quoi donc ?

Mais ce quoi n'est pas forcément un quoi dilatoire. Au contraire, bingo, c'est reparti pour un tour, mais il l'a bien cherché : la ritournelle concernant le suivi médical et la nécessité de consulter. Il déteste les médecins et les hôpitaux. Bien sûr, il n'est pas sans savoir qu'il lui faudrait un traitement, mais avant de prendre toute drogue il veut essayer d'autres choses, il est conscient que c'est sa femme et le stress qui le rongent. Pour l'heure, les brûlures sont le cadet de ses soucis, mais son stratagème a fonctionné : Mélanie ne cherche pas d'autres raisons à son air préoccupé. Tandis que sa femme prend un appel, il conduit en paix et mécaniquement en direction du domicile d'Isabelle et Paul. Boulevard Edgar-Quinet. Certes, ce sont avant tout les amis de Chiara et Paul, mais cela fait maintenant quelques années qu'ils se côtoient, au gré de fêtes, dîners et vacances. Avenue du Maréchal-Joffre. Ça lui a fait tout drôle hier soir, ce verre aux dimensions de conciliabule. Lucie s'est fermée en apprenant la nouvelle du probable divorce. Quand elle s'assombrit comme ça, que son regard se durcit... Rue Saint-Gildas. Brrr, elle est d'une froideur. Il connaît Lucie depuis si longtemps. Ils étaient tous deux présents à La Rochelle lors du coup de foudre de Chiara et Max. Présents également le jour de leur mariage. Mélanie ne peut pas la sacquer, arguant qu'elle est désagréable. Allée des Saules. C'est fort possible, à dire vrai, mais avec lui, Lucie est invariablement chaleureuse.

Allons bon. Chiara et Max, une procédure de divorce ? Estéban a du mal à analyser la situation, déjà parce qu'il a eu très peu de temps pour disséquer cette pensée. Il a bossé toute la journée comme un chien et les voilà en route pour la petite soirée visionnage. Vous entrez dans une zone de turbulence… Est-il réellement surpris ? Difficile à dire, parce que, oui, bien entendu, de sa position, il a observé des changements, mais n'y a-t-il pas de pareilles évolutions dans tous les couples ? Quand il pense au sien, qui tarde à imploser… Chez ses amis, pas de crises franches apparentes, aucun coup d'éclat, en tout cas. Surtout, il a une sainte horreur de tremper dans les affaires des autres, il se gardera donc bien de tout commentaire même si, effectivement, il est étonné de ne pas avoir été mis dans la confidence. OK, il se remémore quelques pleurs, il y a des années, quand Max a déconné. Mais Chiara, déjà à l'époque, avait gardé pour elle ses états d'âme. Il n'empêche que, depuis hier, quelque chose grandit dans l'arrière-cour de son cerveau. Boulevard Desmazières. Max et lui étant associés dans la boîte et actionnaires principaux, ils sont interdépendants. Depuis un moment Max a sensiblement levé le pied de l'accélérateur et parle de diversifier ses activités. Mais il a toujours dit tellement de choses… Il serait dramatique que les événements à venir impactent leur société. Un divorce coûte cher, peut-être que Max voudra céder ses parts ?

*

Quand Lucie a laissé Paul et Estéban à la brasserie, elle a choisi de rentrer à pied en prenant tout son temps pour réfléchir, étirant ses interrogations sur le bitume, cherchant même des détours pour appréhender les événements. Elle considère Chiara comme sa sœur et sait que les sentiments de celle-ci à son égard sont tout aussi profonds. Plus que ça encore, à l'épreuve du feu. Alors, pourquoi n'avoir rien confié ? Chiara est foncièrement secrète et plus abîmée qu'elle ne le laisse paraître en société, mais tout de même. Peut-être avaient-ils prévu que cela se passe autrement ? Cette fête surprise et leur départ tout aussi impromptu pour New York ont dû chahuter leurs plans. Ou alors ils ne sont pas encore certains de prendre cette décision… Mais cela ne colle pas avec la date vue par Paul sur les documents de l'avocate. Depuis la veille, les paroles de Paul tournent en boucle dans sa tête. Lucie ressent une grande tristesse pour le couple mais reste confiante. Elle n'a jamais vu son amie prendre de décision à la légère : si le divorce est sur le tapis, c'est qu'il lui semble nécessaire. Pour le moment, Lucie se reproche surtout de ne pas avoir creusé le sujet les quelques fois où son amie a montré une baisse de moral.

Lucie se remémore les après-midi chez Chiara, Manol pendu à sa console de jeux. Les déjeuners dominicaux avec Joseph et Lina, avant la maladie de la mère, pilier de la famille. Pendant. Après, la douleur et cette peine insurmontable infiltrant tout et tous. Lucie, qui s'était toujours sentie en décalage avec sa propre famille, laquelle se souciait assez peu de son sort, s'était vue adoptée par celle de son amie. Depuis, les liens ne se sont jamais distendus. Oui, elle est perturbée de ne pas avoir été mise dans la confidence, mais elle ne s'en offusque pas. Quand on aime, on peut tout entendre. Lucie croit. Lucie sait : Chiara appartient à son passé et à son présent, via une relation dont l'intensité a parfois varié, selon les cycles et les périodes traversés, mais elles sont restées soudées. Lucie pousse un profond soupir, si intense qu'il la surprend. Chiara n'a jamais jugé ses propres amours, qui successivement explosent en vol. Elle sera présente lorsque Chiara en ressentira le besoin.

Ce soir, dans la rame qui la conduit chez Paul et Isabelle, Lucie divague sur l'après, consciente de l'impact qu'aura la nouvelle sur le microcosme qui gravite autour du couple. Le métro émerge des entrailles parisiennes le temps de deux stations. Façades et panneaux remplacent le Paris souterrain dans les fenêtres du train, et c'est comme un bol d'air. Elle doit descendre au terminus de la ligne, et donc sans crainte de louper l'arrêt, elle s'assoupit. Se mêlent cris, pleurs, intérêts personnels et comédie humaine. Au sortir de ce rêve peu structuré, qui s'est désintégré au moment où elle a ouvert les paupières, Lucie comprend qu'elle est arrivée à destination.

Elle revoit le visage fermé d'Estéban, la quasi-hystérie de Paul… Peu importe ce qu'elle-même imagine ou craint, les dés sont jetés et nul ne sait encore sur quelle face ils retomberont.

25

NEW YORK

Depuis le départ de FX, c'est un comble, un malaise s'est installé avec du pop-corn entre Chiara et Max. Ce dernier attend que les questions pleuvent mais rien n'arrive. Au contraire, Chiara badine, va de banalités en banalités avant de décréter qu'elle part faire du shopping. À l'occasion, elle voudrait en profiter pour voir quelques concept-stores de bijoux. En gros, Max a quartier libre, rendez-vous au dîner.

Enfin Chiara respire. Quel con, quand même. Même pas foutu de faire en sorte que ce genre de choses n'arrive pas. Ça lui a fait un choc, soyons honnête. Et un peu mal au ventre, aussi. La moindre des courtoisies serait d'attendre que tout soit officiel avant d'aller dragouiller à droite à gauche, non ? Au petit matin, elle a déverrouillé le téléphone de Max. Jalousie ? Curiosité ? Difficile à dire. Seulement elle a à peine eu le temps d'arriver aux messages échangés avec cette Roxane qu'elle est tombée sur tout autre chose dans les mails. Pour le moment, elle ne sait pas quoi faire de ce qu'elle a lu. Lucie lui manque. Son avis, ses conseils, son humour cynique qui permettent de dédramatiser toutes les situations. Plusieurs fois, ces derniers mois, elle a failli se livrer à sa meilleure amie. Et puis, Chiara se remémore pourquoi elle n'a surtout pas voulu évoquer le divorce avant qu'il ne soit effectif, parce que en toute honnêteté, c'est elle qui a retardé l'annonce alors que les démarches étaient en route. Elle ne veut pas risquer que les enfants l'apprennent par d'autres. Au fond de son ventre, là c'est la matrice qui parle, elle est persuadée qu'ils ne sont pas dupes. Elle craint aussi d'attrister son père et ses beaux-parents. Elle a la hantise des effets à venir, du regard des autres. Le fait de s'imaginer source de tristesse l'a poussée à faire durer la comédie du bonheur.

Elle n'entre pas dans les boutiques, se contentant de marcher, vérifiant de temps à autre sur son téléphone qu'elle s'oriente bien en direction de l'hôtel. Elle admire ceux qui vivent leurs histoires d'amour indépendamment des autres et de toutes contingences. Sa vie, leur couple, lui paraissent si étroitement liés à leur cercle qu'elle ne parvient pas à se défaire d'un sentiment de culpabilité. Des phrases résonnent en elle. « Tout leur réussit », « une si belle maison », « la famille parfaite ». Et ses beaux-parents l'ont accueillie comme leur propre fille, la traitant même avec plus d'égards que Diane ! Devant le grand chantier que représente le divorce, une part d'elle restait petite fille, incapable de trancher.

Elle traverse un parc et, comme toute bonne touriste qui se respecte, observe les joueurs d'échecs installés un peu partout. Ils sont concentrés sur le jeu, insensibles aux flashs des photographes amateurs qui se pensent discrets. L'un d'eux a la même silhouette que son père. Son cœur se serre alors qu'elle visualise Joseph. Il portait sa femme aux nues... Eux aussi formaient un couple « parfait ». Une harmonie qu'elle n'a jamais recroisée depuis. Se peut-il que ses parents aient, eux aussi, passé sous silence certains problèmes ? Son père aura du mal à comprendre que sa fille divorce alors qu'en apparence tout va bien. Ce putain de fardeau que d'être la fille rangée idéale... Manol a le beau rôle ! Libre comme l'air ! Il pourrait se lancer dans l'élevage de marsupiaux que ça n'étonnerait personne. Aujourd'hui, le report de l'annonce du divorce lui paraît ridicule. Combien de temps lui aura-t-il fallu pour assumer de ne plus être heureuse et intégrer qu'elle voulait autre chose que de rester dans l'ombre d'un amour terminé ? Il y a des familles où l'on parle librement de ce qu'on ressent et d'autres au sein desquelles les sentiments sont constamment à deviner. Il faut un certain courage pour s'affranchir de générations de taiseux. Le plus cocasse, dans toute cette histoire, c'est que sa mère, elle, lui aurait certainement suggéré de s'écouter.

Chiara inspire profondément l'air de Manhattan. Oui, si elle s'écoute, ça ne fait pas un pli. Il est temps d'ouvrir un nouveau chapitre. Elle n'est plus la Chiara de dix, vingt ou trente ans. Elle doit accepter de changer de certitudes.

26

VINCENNES

Ils sont tous arrivés, Isabelle est aux anges. Elle a tanné Paul pour qu'il vérifie que le film passe sans problème sur le vidéoprojecteur dont finalement ils se servent très peu. Ce système censément incroyable fonctionne, il faut l'avouer, uniquement quand il semble l'avoir décidé. Malgré l'insistance dont il a fait preuve, elle n'a pas laissé son mari regarder la séquence. Tout le monde en même temps, sinon ce n'est pas drôle. Oh ! Tiens ! Voilà Diane, elle avait oublié Diane, c'est curieux. Bon, cette fois, ça y est, ils sont au complet. Mélanie et Estéban, Joseph, Manol, Diane donc, et puis Lucie, Rose, Henry. Il y a aussi les enfants, Lou et César, et leur propre fille, Anna. Et le chien, dont elle se serait bien passée. Max et Chiara ne l'emmènent pas lorsqu'ils viennent dîner. Rose, contrite, a expliqué que César avait prétendu le contraire. Isabelle a bien essayé de mettre le golden retriever dans le jardin, mais celui-ci s'est posté devant la baie vitrée avant de se mettre à donner de petits coups de patte, suscitant l'apitoiement de tout le monde. Bref, elle sera bonne pour un grand ménage demain, et pas uniquement des vitres, car il est présentement en train de saloper le tapis.

— Dis donc, Isa, c'est carrément les réceptions de l'ambassadeur, siffle Manol.

— Tu plaisantes ! C'est trois fois rien !

— Chez moi, trois fois rien, c'est un paquet de chips, grand max.

— Parce que tu as un chez-toi, c'est nouveau, le taquine Lucie en débarquant près d'eux.

— Mais on dirait que les scuds sont de sortie ! s'amuse Manol en lui balançant une cacahuète.

Isabelle se retient à grand-peine de lui crever un œil et se contente de ramasser le projectile avec un sourire pincé. Elle fuit vers Rose et Henry en respirant par le ventre.

— T'es un grand malade ! glisse Lucie à Manol.

— Ça va... c'est qu'une cacahuète.

Dans un coin de la pièce, un verre à la main, se tiennent Paul et Estéban.

— Je n'arrête pas de penser à ces fichus papiers. Une vraie fixette, avoue Paul, la mine totalement défaite.

— Relax ! Ce n'est pas de ton divorce qu'il s'agit !

— N'empêche que...

— N'empêche que si tu continues à prendre ce ton de conspirateur, ça va être tout sauf discret.

Paul termine son verre de blanc d'un trait.

— J'ai horreur des secrets.

— Peut-être, mais prends sur toi, répond Estéban.

— De quoi parlez-vous ? les interrompt Mélanie.

La femme d'Estéban, semble-t-il à l'affût, se poste devant eux et les examine de pied en cap, comme si elle avait décelé que quelque chose d'inhabituel se tramait. Elle a dans les yeux une lueur à la fois narquoise et condescendante que son mari connaît et redoute. Elle pique fréquemment des colères homériques qu'il préfère réserver à leur intimité.

— De mon ulcère.

— Fascinant… Le pauvre chéri ne veut pas prendre rendez-vous chez le médecin, tu le crois, ça, explique Mélanie à Paul, lequel hoche la tête d'un air passionné, comme si la jeune femme lui révélait la géolocalisation du Saint-Graal.

— Un verre de blanc, ça soigne tout, raille Estéban.

— Hilarant, réplique-t-elle en s'éloignant, son téléphone à la main.

— La vache ! Grosse ambiance, vous deux, souligne Paul.

— On a franchi la ligne rouge. Cette fois, elle ne peut carrément plus me supporter.

Près de la télévision et calés dans des fauteuils, Rose et Henry conversent avec Joseph qui flatte le chien d'une main distraite.

— Ça se passe comment votre ado-sitting ?

— Très bien. Finalement nous n'avons que César. Lou nous a préféré sa copine. C'est que ça grandit, tout ça, souligne Rose en regardant sa petite-fille collée à son amie Anna.

— Ça me renvoie bien des années en arrière. Elles me rappellent Chiara et Lucie, sourit Joseph.

— On parle de moi par ici ! s'exclame Lucie en collant une bise sonnante sur la joue de Joseph.

— Parfaitement !

— C'est vrai que j'ai beaucoup traîné chez vous, confirme Lucie.

— Trop ! Beaucoup trop ! appuie Manol en s'asseyant sur l'accoudoir du fauteuil de son père.

Isabelle observe son monde. L'ambiance prend bien, c'est parfait. Parfaitement parfait. Ou presque ? Que diable fait Diane, toute seule, là-bas ? Elle s'applique à faire la gueule ou quoi ? Déjà qu'elle est arrivée en retard.

— Tout va bien, Diane ?

— Très bien, merci. Enfin, comme d'habitude, ma mère est incapable de se tenir. Elle doit se sentir obligée de poursuivre mon éduction. C'est remarque sur remarque...

— Je vois...

— Tu as dû passer des heures en cuisine, commente-t-elle en désignant les différents plateaux posés sur la table.

— Pas tant que ça, en fin de compte. Je n'ai fait que le salé, avoue Isabelle en rosissant, toutefois ravie qu'on relève les efforts qu'elle a déployés.

Diane semble soudain gênée. Ses lèvres remuent sans qu'aucun son sorte de sa bouche. Isabelle observe ses yeux déjà bien pétillants. Aurait-elle bu avant de venir ?

— Pardon de te demander ça, mais... vous pensez lancer la vidéo à quelle heure ?

— Bientôt, pourquoi ?

— Je ne vais pas pouvoir m'éterniser. En fait, je dois rejoindre quelqu'un. Je n'avais pas compris que ce serait si... formel. Même si c'est parfait, hein.

Isabelle sent le rouge lui monter aux joues. Elle se remémore les textos envoyés, leur formulation. Se peut-il qu'elle n'ait pas été explicite ? À tous les coups, oui. Quelle gourde elle fait.

— Tu sais, même si je partais maintenant, ça ne changerait pas grand-chose, plaisante Diane qui perçoit le trouble de la maîtresse de maison.

— Ne dis pas n'importe quoi !

— Crois-moi sur parole ! Mes parents vont suivre les aventures de leur Max chéri à New York et ça suffira à leur bonheur !

Bientôt Isabelle n'écoute plus les plaintes de Diane. Son attention est détournée par César, qui donne au chien quantité des roulés aux saucisses qu'elle a façonnés un à un. Et sa grand-mère qui ne voit rien... Il faut dire qu'elle aussi semble déjà pompette. Le sang d'Isabelle entre en ébullition. Chiara ne permettrait pas ces manières ! Merde, elle ne peut tout de même pas reprendre César devant tout le monde ! En désespoir de cause, elle glisse jusqu'à son mari, toujours flanqué d'Estéban.

— César file plein de trucs au chien !

— Bah, ce n'est pas un drame. Tu as fait à manger pour trente !

— C'est agréable…

— Attends, Isa, j'y vais, décide Estéban en rejoignant le garçon qui, de fait, arrête de gaver le chien.

Isabelle fusille Paul du regard.

— Quoi ?

— Quoi ?! Tu te fous de moi ? Si je me suis emmerdée pour que tout soit nickel, ce n'est pas pour qu'un labrador bouffe mes roulés aux saucisses !

— C'est un golden retriever.

— Tu fais chier, Paul, conclut-elle en le laissant seul.

Estéban, de retour quelques instants plus tard, rit sous cape.

— C'est vrai que vous, ça a l'air d'aller super fort…

— N'en rajoute pas, s'il te plaît. La soirée est déjà assez compliquée comme ça.

Isabelle sent la moutarde lui monter au nez de façon très sérieuse. D'ailleurs elle a oublié d'en mettre, de la moutarde, sur la table, mais visiblement ça a échappé à tout le monde, parce que tout le monde se fout qu'elle se soit pliée en quatre. Ah punaise, si elle avait épousé un aristo, ce ne serait pas la même musique. Entre Diane qui doit se barrer et Mélanie qui ne fait même pas semblant de se désintéresser de son téléphone... Si le chien retouche à la bouffe, elle jure de trouver assez de pâte feuilletée pour en faire un roulé.

— S'il vous plaît ! déclare-t-elle d'une voix flûtée, parce que Isabelle sait très bien masquer l'aigreur qui l'agite. On va lancer la vidéo ! Paul ?

Paul rapplique fissa, conscient qu'il a déjà pas mal de pénalités à son actif, et branche le câble de l'ordinateur au vidéoprojecteur. Rien ne se passe. L'encéphalogramme de l'écran est cathodiquement plat.

— Ah ! La technologie... commente Henry en s'empiffrant.

— Remarque hautement constructive, siffle Rose.

Lucie s'est installée près d'Estéban. Il semble perdu, les yeux dans le vague.

— Ça va, toi ? Tu as l'air tout triste.

— Oui, ça va. Enfin, ma vie n'est pas franchement marrante, ces temps-ci.

Lucie soutient son regard et Estéban a soudain un sourire déconfit, dans lequel on peut lire quantité de choses, à commencer par une certaine mélancolie.

— Je suis curieux de voir la vidéo, à vrai dire, reprend-il.

— Mélanie fait la gueule ?

— Ah, Lucie... Mélanie fait la gueule depuis bien longtemps. Disons que, d'ordinaire, elle fait un peu mieux semblant.

— Je me plains souvent de ne pas réussir à faire durer mes relations, mais il y a des jours où le célibat ne me pèse pas du tout.

— Que je te comprends.

— Dis… Tu ne trouves pas que… Paul réagit quand même de façon excessive ?

— Je me demande s'il ne flippe pas pour son propre couple. Je veux dire, ils font souvent des trucs à quatre.

— Hé ben ! Si j'avais imaginé !

— Tu vois très bien ce que je veux dire. Les week-ends, les vacances… Chiara et Max ont toujours été moteurs.

— Mais nous aussi, on part avec eux.

— Nous aussi, mais moins.

De l'autre côté de la pièce, Isabelle est raide comme la justice. Le visage fermé, elle enrage et ça commence à se voir. La fureur filtre peu à peu par tous les pores de sa peau, pourtant oblitérés par une fine couche de fond de teint, quand, miracle, Paul s'aperçoit qu'il a simplement inversé les sorties audio et vidéo.

— Tu peux me dire à quoi ça sert d'avoir un tel matos si c'est pour que ça foire les deux fois de l'année où on l'utilise ? tempête Isabelle à son oreille.

Paul tremble légèrement. Il va vraiment falloir qu'Isabelle ne rajoute pas trop de gouttes à sa coupe, il est déjà suffisamment à cran comme ça. Dans le fond du salon, Diane soupire.

— Tout va bien, Diane ? interroge Rose, qui fronce les sourcils en se tournant vers sa fille.

— C'est que… je vais devoir y aller.

— Comment ça, y aller ?

— Partir, quoi.

— Tu as plus important à faire ? demande sa mère sur un ton faussement blagueur devant l'assemblée mortifiée.

— En effet, maman, je n'avais pas prévu de passer la soirée tout entière ici.

Amusée par la scène, Lucie donne un coup de coude à Estéban, mais celui-ci ne lâche pas sa femme du regard. Depuis plusieurs minutes, Mélanie textote en continu tout en souriant béatement, totalement imperméable à ce qui se joue dans la pièce.

— Ça y est ! C'est tout bon ! s'écrie Paul en soupirant d'aise.

— Génial, enchaîne Isabelle, dont le visage a, en quelques secondes, parcouru toute la gamme chromatique, passant du cerise au vieil ivoire, avant de revenir à un rose plus printanier.

Muni d'une télécommande, Paul abaisse la luminosité de la pièce et met en route la vidéo. Ils ont d'abord droit à une sorte de générique, qui se veut professionnel mais est on ne peut plus ringard, lequel fait beaucoup rire Manol. Dans la foulée survient un mini clip promotionnel, mettant en scène le fameux FX.

— Il est un peu spécial ton copain, dit Lucie.

— Il n'est surtout pas très bon.

— Pourquoi tu nous l'as conseillé alors ? interroge Henry.

— Il n'est pas mauvais non plus. C'est pas une flèche quoi. Comme il m'héberge chaque fois que je passe à New York, je lui devais bien ça.

Des rires nerveux gagnent l'assemblée, tandis que Manol ne semble pas saisir l'ironie du moment.

— Chut ! tonne César en voyant ses parents apparaître.

Anna et Lou se faufilent pour venir se positionner en tailleur devant les grands-parents, lesquels trouvent la séquence formidable. Comme les autres, ils rient de leurs fils et belle-fille qui font les clowns, mimant là une chute, ici souriant à la caméra. De son côté, Diane attend que le temps passe en fixant la trotteuse de sa montre. Elle sera en retard à son rancard, ça ne fait pas un pli. César et Lou se marrent franchement tandis qu'Isa s'extasie devant la vue depuis l'Empire State Building, répétant à quel point elle rêve de retourner à New York. Joseph, lui, fixe l'écran d'un air perplexe, quasi suspicieux. Durant cette projection, les yeux de Lucie, d'Estéban et de Paul passent des images aux spectateurs.

— C'est à se demander si Paul ne nous a pas fait une blague, souffle Estéban à Lucie.

La grande blonde secoue discrètement la tête.

— Chiara joue clairement la comédie, tranche-t-elle d'un ton sans appel.

Tout en triturant la peau de ses mains, elle songe à quel point son amie ne cessera donc jamais de la surprendre. Pour autant, elle ne comprend pas vraiment ce qu'il se trame.

— C'est quand même formidable, la technologie, souligne Henry.

— Mon Dieu, ce que tu peux être épuisant, soupire Rose.

— Oh ça va, hein. Dans deux minutes, tu aurais fait la même remarque.

Sur l'image, un énorme « To be continued » vient s'incruster.

— C'est pas hautement qualitatif, mais sympa quand même, s'esclaffe Manol.

— T'es gentil, on le paie, râle Henry.

— Quoi qu'il en soit, ils ont l'air contents ! conclut Rose, ravie.

Isabelle, ragaillardie, propose une nouvelle tournée à l'assemblée et, pour ce faire, entraîne Paul en cuisine.

— Mélanie n'a même pas regardé la vidéo, glisse Lucie à Estéban.

Le quadragénaire, les traits tirés par le stress, se tourne vivement vers son amie.

— Son foutu téléphone… Tu te demandes ce qu'elle fait, n'est-ce pas ?

— Je ne me permettrais pas, répond-elle du tac au tac, comprenant qu'elle est allée trop loin.

— Eh bien, je vais te le dire. Mélanie se tape pas mal de mecs, et maintenant elle ne prend visiblement même plus la peine de s'en cacher.

— Estéban… Je suis désolée.

— Faut pas. À moins que tu n'aies toi aussi couché avec elle ? dit-il doucement, faisant mine de rire de la situation.

Paul revient près d'eux avec une bouteille.

— Vous en avez pensé quoi ?

— Qu'ils jouent la comédie parce qu'ils se sont sentis obligés de partir, déclare Lucie.

Sur ces mots, elle balaie l'assemblée du regard. Ses yeux glissent des uns aux autres. Rose et Henry, Paul et Isabelle, Mélanie et Estéban : on peut connaître des individus mais les couples, eux, constituent des mystères impénétrables.

27

NEW YORK

Chiara se presse pour ne pas faire attendre Max. Celui-ci lui a un peu plus tôt envoyé par message l'adresse d'un restaurant recommandé par plusieurs sites. Il est convenu qu'ils s'y retrouvent pour achever cette journée.

Chiara, qui rêvait simplement de passer un bon après-midi, a vu son souhait exaucé au-delà de ses espérances : elle vient d'apprendre par Anita, son indispensable bras droit qui gère l'intérim depuis Paris, que l'un de ses derniers modèles se trouve dans le *Vogue US* tout juste sorti en kiosque. Très précisément en page 10, au poignet d'un mannequin en passe de devenir iconique. Voilà qui vient valider les apparitions au Festival de Cannes ! Presque en sautillant, Chiara évolue sur le trottoir, bondit devant les passants, évite les poubelles et autres poteaux ayant l'outrecuidance de se dresser sur son chemin, portée par la légèreté que confèrent les bonnes nouvelles.

Parce que c'est franchement une nouvelle excellente ! À ce jour, aucun de ses bijoux n'avait encore passé le cap d'une parution outre-Atlantique. C'est totalement fou. Bien sûr, elle a fantasmé une success story pour sa petite entreprise, et cette fois c'est définitivement en train de se produire ! Déjà qu'elle a la chance de vivre de sa passion, elle peut maintenant espérer en tirer de véritables profits, pour embaucher, grandir, développer... Évidemment, elle ne résiste pas au plaisir d'acheter un exemplaire de ladite revue et ne prend pas même la peine de se poser sur un banc avant de vérifier qu'Anita n'a pas déliré. Tout est vrai. En toute objectivité, le bracelet claque : on ne voit que lui sur cette page. Bon, OK, le modèle y est aussi pour quelque chose. Tout y est : son nom, la mention du site. Dans la rue, Chiara exulte. Ce genre de choses se savoure.

Par la vitrine du restaurant, Chiara prend le temps d'observer Max. Déjà installé à une table, celui-ci patiente. Il est élégant dans cette chemise. Les cheveux savamment décoiffés et les sourcils légèrement froncés qui lui donnent un air pénétré ajoutent à son charme. Il a son téléphone en main, consulte sa montre, jette des coups d'œil furtifs par-dessus son épaule ; il a l'air de guetter son arrivée. Par la force des choses, elle repense aux allusions de FX, aux notifications et au mail concernant une SCI fraîchement découvert, puis décide que peu lui importe. Elle serre le magazine, logé au fond de son vaste sac à main.

Il est hors de question de se laisser aller à l'amertume après une si belle annonce.

D'une petite tape sur l'épaule, elle s'annonce. Max, qui ne l'a pas vue entrer dans l'établissement, sursaute.

— Tu attendais quelqu'un d'autre ? blague Chiara.

— T'es bête. Alors, cet après-midi ?

— Plutôt cool ! Et le tien ?

— Si j'avoue que j'ai dormi deux heures à l'hôtel, je passe pour un vieux ?

— Mais non… Tu passes pour ce que tu es : un homme de quarante-cinq ans et donc sur la pente inéluctablement descendante.

— Sévère, mais juste.

Il l'observe quelques secondes et prend une moue perplexe.

— Tu es repassée par la chambre poser tes emplettes ?

— Non. Je n'ai rien acheté, en fin de compte.

— Donc tu as fait une étude de marché ? Tu sais où tu veux installer une boutique ici ?

— Qui sait !

Plusieurs fois, il palpe la poche intérieure de sa veste, comme pour s'assurer que son téléphone est en lieu sûr. Néanmoins le dîner se déroule de façon détendue, ce restaurant italien vaut effectivement toutes ces recommandations. Quand le serveur s'inquiète d'éventuels desserts, Max commande d'autorité deux tiramisus.

— Ah ouais ?

— Hum… Nous savons toi et moi que tu allais commencer par refuser la carte des desserts avant de rappeler le serveur dans la seconde, non ?

Chiara éclate de rire. Il la connaît si bien.

— Et tu n'aurais pas pris autre chose qu'un tiramisu. Mais arrête-moi si je fais fausse route, surtout !

Heureuse de passer une bonne soirée, Chiara commence à faire part à Max de sa bonne nouvelle quand une vibration agite la veste de celui-ci. À la seconde, il est moins présent à la discussion.

— Tu disais ?

— Laisse tomber…

— Pardon. Donc, Anita ?

Chiara ravale son agacement. Ils passaient un moment serein et elle a envie que cela dure. Alors, elle reprend. La revue, la mise en avant et sans doute déjà, à l'heure qu'il est, de nouvelles commandes.

— Mais c'est génial ! Bravo !

— J'ai tellement bien fait de changer d'attachée de presse ! Anita est ultra efficace, je l'adore.

— Je souhaite sincèrement que tu réussisses, tu sais.

Une vague de nostalgie gagne Chiara. Cette phrase sonne le glas. Bientôt ils n'auront plus grand-chose à partager, elle en est consciente, et en pratique, c'est typiquement le genre d'informations qu'ils ne se donneront plus.

— Des nouvelles de la maison ? embraie Max sans transition.

Il agite deux doigts en l'air dans le but d'attirer le regard du serveur. Chiara le dévisage. Il paraît pressé d'en finir avec le dîner. Sa main à couper qu'en réalité il se retient depuis une bonne heure de se jeter sur son portable.

— Vite fait, comme on a précisé qu'on ne voulait pas être dérangés… Tout va bien, a priori.

Elle fixe Max, il montre des signes d'impatience, enchaînant les mimiques d'exaspération dans l'attente de l'addition.

— Top, répond Max sans lui prêter attention et en renouvelant des signes en direction du garçon.

— César a perdu un bras et Lou s'est fait opérer en urgence de l'appendicite, marmonne-t-elle entre ses dents

— Bon, génial. On y va ?

Cette fois, Chiara ne cache plus son irritation, mais même alors, Max donne distraitement sa carte bancaire au serveur sans percevoir qu'elle le foudroie du regard.

— Voilà ! C'est tout bon ! déclare-t-il en se levant gaiement et en sortant rapidement son téléphone de sa veste pour un coup d'œil.

En fin de compte, elle a été idiote de ne rien dire après les remarques de FX : Max a l'air plutôt à l'aise avec ses petites cachotteries. Une fois sur le trottoir, elle se met en route sans l'attendre, et c'est au petit trot qu'il la rejoint.

— Minute ! Je voulais passer aux toilettes !

— Tu iras à l'hôtel. C'est à cinq cents mètres.

— On peut savoir ce qui te prend ?

Chiara stoppe net et se place face à son mari.

— Il me prend que tu me gonfles.

— Mais qu'est-ce qu'il y a ?

— Oh, arrête, s'il te plaît… Je suis fatiguée.

Elle reprend sa marche dans la rue qui fourmille de monde. Autour d'eux il y a la ville qui vibre et les passants toujours pressés quelle que soit l'heure de la journée, ceux apprêtés pour aller dîner ou boire un verre, ceux qui rentrent chez eux avec parfois un sac de nourriture à emporter qui pendouille au bout du bras. Partout il y a du bruit, toujours des klaxons, et puis il y a cet homme qui crie au coin de la rue. Le temps est à l'orage, il fait lourd. Max attrape Chiara par l'épaule pour la forcer à ralentir la cadence.

— Chiara…

— Chiara en a un peu ras le bol, si tu veux savoir.

— Pardon, mais je ne capte pas. On a passé une bonne soirée !

— Ce n'est pas toi qui tenais de longs discours sur la façon d'agir pour que le séjour se passe au mieux ?

— Et ? Ce n'est pas le cas ?

Elle soupire ostensiblement tout en ôtant sa main, puis lève les yeux au ciel, excédée.

— Tu ne fais même pas l'effort de faire semblant !

Max suit son regard, posé sur le téléphone qu'il a déjà à la main. Il détourne les yeux, subitement gêné.

— Ah, ça...

— Je ne sais même pas de quel « ça » il est question. Sans doute cette Roxane qui depuis hier s'active comme une dingue, oui.

Tout à coup, Max a beaucoup moins envie de s'expliquer. Il se mord les lèvres, enfonce ses mains dans ses poches et se remet en route vers l'hôtel.

— Il n'y a pas grand-chose à dire, en réalité.

— Ménage-moi, bon sang ! Tu réalises comme c'est blessant ? Quand ce clown de FX balance cette histoire de notifications, je le prends comment à ton avis ?

Max ne réfute pas. Qu'il n'argumente pas, ni ne se défende d'une relation, lui fait l'effet d'une gifle. Il est donc bel et bien en train de correspondre avec quelqu'un et le ventre de Chiara se tord. Bientôt, il aura des histoires, il vivra des aventures, peut-être même se remariera-t-il. Autant s'y faire dès maintenant, mais il n'empêche que ce sentiment est douloureux et désagréable. Même si elle est sûre de son choix, de leur choix commun, elle voudrait ne jamais rien savoir de l'après qui pointe son nez, de la drague qui anime vraisemblablement ces textos. Oui, même si elle est au clair avec ses sentiments, Chiara sent les larmes se presser derrière ses paupières et a beaucoup de mal à les contenir. Elle secoue la tête comme pour aider ses idées à se remettre en place, comme pour chasser l'émotion au profit de la logique des choses. Qu'aurais-tu préféré, espèce d'idiote ? Qu'il mente ? Qu'il nie ? Le type au coin de la rue a cessé ses hurlements. Chiara porte son regard sur un couple de personnes âgées qui passe près d'eux. L'homme s'appuie fermement sur sa femme, qui ne doit pas faire plus d'un mètre cinquante. Elle paraît se concentrer pour le soutenir, tout son corps tendu par l'effort. Ensemble, ils pénètrent dans un restaurant et un grand sourire s'épanouit sur les deux visages ridés.

— Quand nous aurons divorcé... Que nous vivrons séparément...

— Oui ? s'anime Max, les yeux pleins d'un espoir de répit. Dis-moi.

— J'aimerais compter sur toi, que tu fasses les choses avec classe. Je ferai de même.

— Bien sûr, mais... Roxane panique à l'idée qu'on soit en tête à tête toute une semaine, lâche-t-il doucement, les yeux rivés au sol, comme réfléchissant tout haut.

Subitement, Chiara percute, et le choc est d'autant plus rude qu'elle ne l'avait pas vu venir. Ils ne sont vraisemblablement pas en train de parler de la même chose. Elle avise un banc placé en face de l'hôtel, providentiellement libre, et s'y laisse choir.

— De quoi est-il question, Max ?

Hébété, il hésite, puis s'assoit à son tour.

— Ben, des notifications, non ?

— Je ne sais plus, répond-elle d'une voix où la lassitude prend le dessus.

— Moi non plus, je ne sais plus. Tu sembles triste et vexée parce que je vois quelqu'un.

C'est dit. Le temps n'est plus au flirt, il « fréquente ». Chiara serre les dents. La vague de nostalgie perçue tout à l'heure s'est écrasée avec fracas sur la digue.

— Qu'est-ce que je dois comprendre par « je vois quelqu'un » ?

Cette fois Max s'agace.

— Ne joue pas à ça, s'il te plaît.

— Pour être parfaitement honnête, je pensais que tu dragouillais. Que tu n'étais pas suffisamment malin pour éviter que je ne le voie mais assez grossier pour le faire sous mes yeux durant cette semaine.

Max comprend qu'il a merdé en beauté. Il ne sait plus où poser les yeux et tangue légèrement de gauche à droite, ne sachant quoi faire de ce corps encombrant.

— Roxane, donc ?

— Tu ne vas pas aimer...

— C'est fortement possible, oui. Parce que au cas où tu ne l'aurais pas saisi, on n'a pas encore divorcé. Dans la série inélégance, on est bien.

— T'emballe pas, hein, je ne la vois que depuis qu'on a décidé de divorcer !

— De mieux en mieux, ricane Chiara. C'est-à-dire ?

— Techniquement, on n'était plus ensemble !

— Accouche.

— Début janvier, je crois. Et qu'est-ce que ça peut faire, enfin ? Je dormais déjà dans le bureau !

— Début janvier ?! T'es vraiment le roi des connards !

— Mais puisqu'on n'était techniquement plus ensemble !

Chiara reprend le chemin de l'hôtel, plantant Max sur place. De grosses gouttes s'écrasent tout autour d'eux. Bientôt le tonnerre gronde et des rafales de vent viennent soulever de vieux papiers gisant sur le sol. L'homme posté au coin de la rue reprend ses hurlements. Il crie à l'apocalypse, met en garde les ignorants contre la fin du monde. Chiara s'arrête un peu plus loin, respire et ferme les yeux. Elle tend son visage au vent et à la pluie. Ici, sur ce mètre carré, se joue la fin d'un monde.

28

PARIS, DIX ANS PLUS TÔT

César est arrivé avec trois semaines d'avance. Un adorable bébé, calme et attentif, qui semble déjà observer le monde avec circonspection. Lou joue par moments à la petite maman, mais s'en retourne vite à d'autres activités. Les interactions avec ce petit frère de deux mois sont quand même encore trop limitées à son sens. Chiara pouponne, galère avec l'allaitement, jongle entre couches, jeux et histoires, dort quand elle le peut. Elle se sent à la fois infiniment comblée par ses enfants et plongée dans un abîme de tristesse sans fond. Son cerveau, tout occupé qu'il est à gérer le quotidien, s'arrange pour faire abstraction des événements récents. Elle garde pour elle la trahison, la déception et la douleur. Pour achever de la meurtrir, après les promesses maintes fois renouvelées, Max est resté mutique sur la relation entretenue, refusant d'entrer dans des détails qu'il jugeait sordides et des échanges stériles. Elle n'a eu que la possibilité d'imaginer les scènes, de se laisser aller à des projections masochistes qui l'ont déchirée. C'est encore pire que de connaître la vérité.

Chiara a un temps crié, pleuré, nié la réalité à certains moments, également. Son Max, sa moitié, l'avait trahie, qui plus est à une période de sa vie où elle était particulièrement vulnérable. Puis, avec la précipitation de cette naissance, la famille à la maternité, les amis, Lou à préserver… Elle avait fini par serrer les dents, baisser la tête et, si l'envie de partir lui avait traversé plusieurs fois l'esprit, elle s'était résignée. Elle n'était pas en état de prendre des décisions définitives, le plus important étant d'accueillir ce tout petit bébé dans les meilleures conditions qui soient.

Il y eut des crises terribles, à l'abri des oreilles, durant lesquelles Chiara insistait pour avoir des détails, connaître tout, tant pis pour la douleur. À ces suppliques Max a toujours opposé un refus catégorique, justifiant sa résistance par le souci d'épargner. Il demandait à Chiara de ne pas ébruiter l'affaire. Ce n'était rien qu'un sursaut, une erreur, tellement peu de chose en définitive. Rien, en tout cas, qui vaille la peine de remettre leur vie en question. Rien, au regard de ce qu'ils construisaient. Oui, le silence, surtout, ne rien dire aux proches, à la famille, sinon un point de non-retour serait atteint. Ce n'était pas ce qu'elle voulait, non ? Peut-être, oui. Sans doute…

Elle ne sait pas, Chiara, elle est si fatiguée, physiquement et moralement. Et puis, il y a l'image que les autres ont d'eux et qu'il est difficile d'abîmer, jusque-là le couple idéal, « des couples comme vous, on n'en voit plus ! », la vie de famille rêvée, aucune ombre au tableau. En laissant l'histoire s'ébruiter, il y aurait les regards apitoyés, avec l'impossibilité, ensuite, de faire machine arrière. Alors va pour le non-dit et la colère rentrée, qui fait des nœuds en dedans, retourne l'intérieur et déplace les viscères. L'amour des enfants, le quotidien et l'incapacité à voir s'effondrer une vie qu'on aimait tant prennent le pas sur le reste.

De fait, Chiara continue de taire sa peine. Sa mère lui manque terriblement. Son absence, surtout, occupe un espace incommensurable. À elle, elle aurait pu dire, se confier.

En jetant une énième couche à la poubelle, en triant les bodys déjà trop petits, Chiara analyse. Elle espère réussir à pardonner. Elle voudrait en assurer Max qui la regarde avec tristesse, lui annoncer que l'épisode est derrière eux, effacé. Peut-être qu'en reprenant le rythme, qu'en additionnant les jours et les mois l'harmonie reviendra ? Peut-être qu'en jouant la comédie du bonheur celui-ci s'infiltrera à nouveau dans les liens qui les unissent ?

Ce qui la ronge le plus, c'est de voir émerger en elle une aigreur nouvelle, un fiel qu'elle ne connaissait pas. Elle pourrait devenir mauvaise et ce sentiment lui déplaît. Max a agi, et, dommage collatéral, c'est elle qui change.

Depuis son retour de la maternité, elle est hors sol, elle se sent comme sur un bateau, loin en mer. Le temps passe différemment de là où son monde se tient. Pourtant elle s'accroche, sourit, reçoit la belle-famille à dîner, rit aux blagues de son père ou encore héberge Manol de retour d'un nouveau voyage. Elle contemple les cadeaux de naissance qui s'accumulent et commande les faire-part. Il devient presque facile de vivre avec des œillères, en ignorant la fiche bristol qui git sur le bas-côté de la route et en restreignant ses pensées.

Quand Max lui fait la surprise de la kidnapper pour un week-end à la pointe de l'île de Ré, six mois après la naissance de César, Chiara réagit à peine.

— Mais, les enfants ?

— C'est géré ! On les dépose chez mes parents. Je me charge de tout et je prépare leurs sacs.

Elle se laisse porter et donne les conseils d'usage à Rose et à Henry. Les horaires des biberons et des siestes, le ratio doses de lait/eau et le reste.

— Ma chérie, je crois que je devrais m'en sortir ! s'amuse Rose en détaillant les nombreux Post-it fourrés dans le sac à langer de César.

À peine arrivée dans la location, Chiara, dédaignant l'océan et en manque de sommeil, ne pense qu'à dormir. Max, quant à lui, s'active. Il a le cœur gros d'avoir déçu. Bien que minimisant les faits en transigeant constamment avec sa conscience, il regrette. Il veut retrouver celle qu'il a rencontrée un jour de quasi-tempête et épousée un soir d'orage, celle qu'il aime et dont il chérit la présence. Il pense qu'à force d'efforts tout redevient comme avant, alors il déploie des trésors d'énergie, profitant d'une sieste de sa femme pour mettre à bien son plan. Il s'éclipse, dépose près de Chiara le premier défi. Cela fait plusieurs jours qu'il prépare son coup : un jeu de pistes, des indices dissimulés dans les différentes pièces de la petite maison louée pour cette parenthèse.

Quand, en fin de journée, Chiara ouvre un œil, rassérénée par ce somme, elle se surprend à sourire devant la feuille placée à côté de l'oreiller. Cela fait longtemps qu'en dehors de ceux que lui procurent ses enfants elle n'a pas eu de franc sourire. Amusée, elle se lève, le papier à la main. Sur celui-ci, à la façon d'une lettre anonyme, sont disposés des mots découpés dans un journal. Évidemment, Max a disparu des radars.

— Prochaine étape, la cuisine…

Elle se rend dans la pièce évoquée et, placée là, sous une poule en plâtre d'un goût douteux, attend le deuxième message. De fil en aiguille, Chiara cherche et trouve. Dans la bibliothèque, puis sur le balcon, dans le jardin ou sous un coussin, des mots ont été cachés, la faisant progresser lentement au gré d'énigmes. Oui, son cœur se réchauffe tandis qu'elle visualise Max manigancer son coup. Sur le dernier message, une baleine est maladroitement dessinée. Perplexe, Chiara détaille les objets du salon avant de passer dans le séjour sans rien trouver pour autant. Quand, par la fenêtre…

— Le phare des Baleines !

Elle prend le temps d'enfiler des bottes, son imperméable et quitte la maison sous un fin crachin, rejoignant le sentier qui grimpe jusqu'au promontoire. Il fait frais et le vent souffle sans discontinuer, arrachant avec force les dernières feuilles qui s'accrochaient encore aux arbres. Elle progresse, ressentant pour la première fois depuis longtemps les effets des éléments sur sa peau. Elle a finalement envie de voir l'océan, oui, il y a peut-être de l'espoir. Arrivée au bout du chemin, point de Max. Seul et fier, le phare lui fait face. Bien campé sur son socle de pierres, il masque la vieille tour, érigée derrière lui, bien plus ancienne et tout aussi imposante. Chiara les contemple quelques secondes avant de reprendre ses recherches.

— On dirait que tu as gagné… annonce Max en apparaissant de derrière l'édifice.

Chiara sursaute avant de pivoter vers lui.

— Et c'est quoi, le gros lot ? demande-t-elle d'un ton badin.

— Je crois que tu vas être déçue… Ce n'est que moi.

Chiara fait face à son mari. Figée, elle l'observe venir vers elle. Il a l'air contrit, et pourtant de tout son être émanent de l'espoir et du désir.

— Je ferai tout pour que tu te sentes bien. Pour qu'on soit bien, tous les quatre. Je suis tellement désolé, si tu savais.

— Tu peux l'être, souffle Chiara, tandis que Max tend les mains vers les siennes.

Elle s'avance d'un pas, jusqu'à se trouver toute proche de lui, et pose la tête sur sa poitrine.

— Je ne sais pas…

— On a encore du chemin à faire ensemble.

— Tu crois ? demande-t-elle.

Max l'entoure de ses bras, il l'étreint avec force, faisant rempart aux bourrasques qui les font vaciller.

— Oui. Moi, j'en suis persuadé.

Elle se dégage lentement, juste assez pour que ses yeux accrochent les siens.

— Je ne peux pas me passer de toi. Je ne veux pas me passer de toi, je veux…

— Beaucoup de choses, dis donc, plaisante Chiara.

— Tout ce que tu voudras, achève Max.

Chiara ne répond rien. Oui, elle perçoit de l'espoir et du désir. Ils veulent tous les deux recoller les morceaux. Elle fera de son mieux pour pardonner.

29

NEW YORK

— Tu dramatises !

— Je rêve…

— Tu veux que je te dise ? Je trouve même déplacé que tu me fasses une scène, lance Max une fois assuré qu'ils sont seuls dans le couloir menant à leur chambre.

Il ferme la porte et, lorsqu'il se retourne, se trouve nez à nez avec Chiara, qui le dévisage en riant nerveusement.

— Alors déjà, ton avis, je pense que tu ne préfères pas savoir où je me le mets…

— Très classe.

— Et pour ce qui est d'être déplacé…

— Oui ?

Chiara laisse ses bras retomber le long de son corps.

— Tu sais quoi ? Laisse tomber, en fait. Je crois que c'est pas la peine d'épiloguer.

— Facile, ça, marmonne Max en retirant sa veste.

Chiara ôte ses boucles d'oreilles et, avec soin, dégage ses poignets des lourds bracelets qu'elle porte constamment. Avec méticulosité et en silence, elle les place sur un carré de tissu prévu à cet effet.

— Donc tu vas faire la gueule ?

— Oh non ! Ne t'inquiète pas ! persifle Chiara. Disons que désormais les choses sont claires. Je sais à quoi m'en tenir.

— Arrête tes allusions mystérieuses, c'est insupportable.

— Puisque tu n'es pas capable de faire preuve d'un minimum de classe, je ne ferai plus d'efforts non plus.

— Ce qui veut dire ?

— Tu verras bien ! annonce-t-elle en s'isolant dans la salle de bains.

Max rumine, pas très à l'aise avec ce qui va suivre. Pendant que, de l'autre côté de la porte, la douche se fait entendre, il extirpe son portable des profondeurs de sa poche. Bon sang, les notifications ont plu toute la soirée. Il hésite et lance un appel avant d'annuler aussitôt l'action. Il est 4 heures du matin à Paris. Roxane a tenté de le joindre pour la dernière fois une heure plus tôt... Elle doit être folle de rage. Il s'affale sur le lit et entreprend de remonter les messages non ouverts. Ce qu'elle peut être pénible aussi depuis qu'il est question de ce séjour à New York. La jalousie mal placée de la jeune femme est difficile à gérer à distance, et voilà que maintenant ça explose à la figure de Chiara. S'il s'efforce à un tant soit peu d'honnêteté, cette relation n'est pas tellement épanouissante. Il a foncé tête baissée dans cette histoire une fois qu'il a été clair qu'ils divorçaient, se persuadant que ça lui changerait les idées, et voilà… Alors oui, il l'aime bien, Roxane. Enfin pour ce qu'il la voit, c'est-à-dire quelques soirées chez elle, quelques déjeuners, parce que le reste du temps il bosse ou il est à la maison avec Chiara et les enfants. Pour quel résultat ! Bravo, Maxou, un vrai champion ! Il préfère éviter de penser à ce que dira Chiara en apprenant que Roxane est l'une de leurs nouvelles collaboratrices. Le cliché par excellence.

30

PARIS, UN AN PLUS TÔT

Escortés de Lou et César, Chiara et Max pénètrent dans le hall de l'immeuble haussmannien. Ils sont conviés aux soixante-dix ans de la matriarche qui tient à avoir les siens auprès d'elle pour son anniversaire. C'est ici que Max a grandi ; Rose et Henry n'ont, depuis la naissance de leurs enfants, jamais déménagé. Maintenant ils rêvent de plain-pied et de verdure.

Alors que Chiara presse le bouton d'appel de l'ascenseur, la lourde porte en fer forgé claque derrière eux, laissant apparaître une Diane échevelée.

— Tout va bien ? demande Max.

— Absolument pas ! L'univers s'est ligué pour que j'arrive en retard… Panne de sèche-cheveux, coincée pendant dix minutes derrière un camion-poubelle, j'en passe et des meilleures.

La jeune femme embrasse son neveu et sa nièce avant de tenter un rattrapage coiffure dans le miroir de l'entrée.

— Ça va comme ça ?

Max sourit en guise de réponse et observe sa sœur tandis qu'elle se coiffe. Pas très grande, une allure encore enfantine due à sa corpulence si fine, la menue rousse paraît faire bien moins que ses quarante ans.

— Oh non, je suis écarlate. Vous voulez bien attendre que je reprenne mon souffle ?

— On monte avant toi, si tu veux ? propose Chiara.

— Non ! Il faut qu'on arrive ensemble ! S'il vous plaît…

— Allez… ne commence pas, tente Max.

Les joues de Diane, qui recouvraient péniblement leur teinte habituelle, s'empourprent aussitôt.

— Max, ne t'y mets pas, je t'en supplie.

— Qu'est-ce qui se passe ? demande César en se tournant vers sa mère pour obtenir une réponse à l'un de ces drôles de comportements que peuvent avoir les adultes.

— T'inquiète, mon chou, le rassure sa tante. C'est juste que mamie Rose a le don de me mettre sur les nerfs.

Chiara appelle cette fois l'ascenseur et, dans le ventre de l'immeuble, un roulement mécanique se fait entendre.

— Du calme… On est là, hein, dit-elle doucement à l'intention de sa belle-sœur.

— Je ne sais pas pourquoi je me mets dans cet état, c'est pavlovien. Quoi que je fasse, elle trouve à redire, souffle Diane, résignée d'avance.

— C'est vrai que mamie est plus dure avec tatie qu'avec toi, papa, commente Lou en mâchouillant un chewing-gum.

— Lou… sermonne doucement Chiara.

Diane pose une main frêle contre la joue de sa nièce.

— Tu apprendras bien assez tôt qu'on ne change pas les gens. Je dois faire avec, c'est tout.

Max roule des yeux, signifiant à sa sœur de ne pas trop en dire devant les enfants.

— Non, mais, votre grand-mère est super… Disons qu'elle et moi on a du mal à s'entendre. Ça a toujours été comme ça. Je finirai par m'y habituer…

La cabine éclairée stoppe sa course au rez-de-chaussée, les portes accordéon se plient, leur permettant de se tasser tous les cinq dans le petit espace.

— Il y a écrit « quatre personnes maximum », fait remarquer César.

— C'est une histoire de poids. Vous comptez pour un, donc c'est bon, décide Max.

Diane découvre soudain le sac qui pend au bout du bras de Lou.

— Merde, le cadeau !

— Elle a dit merde, commente César à l'oreille de sa sœur.

— Bordel de merde ! Je me suis fendue d'un collier hors de prix ! Tout ça pour l'oublier… J'y crois pas !

— Tu lui apporteras plus tard, la console Chiara.

Diane secoue la tête dans tous les sens.

— Elle va être tellement contente d'insinuer que je n'ai pas pensé à elle, vous allez voir !

— N'exagère pas, répond Max, pas vraiment convaincu par ce qu'il avance.

— Mais bien sûr que si ! Dans le meilleur des cas, maman décrétera que je ne suis pas fiable ! Alors que je gère vingt personnes dans une agence de pub ! Je suis fiable !

— On le sait, murmure Chiara en jetant des regards désespérés à son mari.

Quand l'ascenseur stoppe sa montée au troisième étage, Diane saisit le bras de Lou.

— Vous avez pris quoi ?

— Des chocolats et deux places pour une pièce de théâtre, annonce Chiara qui sent que Diane n'est pas loin de partir en vrille.

— Vous ne pourriez pas…

— Diane ! s'écrie Max qui comprend tout de suite où sa sœur veut en venir.

— Allez… À vous, elle ne dira rien, supplie-t-elle.

— T'es super lourde ! Non !

Chiara, qui prend pitié, se tourne elle aussi vers Max, l'air embarrassée.

— Bon… On prend les places de théâtre et tu offres les chocolats, lâche Max.

— Non, s'il te plaît, file-moi les places… Les chocolats, c'est trop impersonnel.

— Sympa pour nous ! réplique-t-il, tandis que César et Lou commencent à s'amuser de la scène.

— Bon, avant tout, sortons d'ici. Parce que sinon on va finir par retourner au rez-de-chaussée, suggère Chiara.

Ils s'extirpent les uns après les autres de l'ascenseur et, pendant que Max ouvre le cabas et saisit la pochette cadeau qui contient les places, Diane respire de soulagement.

— Vous n'avez qu'à dire que vous avez oublié le collier à la maison, et le tour est joué.

— Putain, Diane, quand même, t'es chiante… Il est beau, au moins, ce collier ?

— Papa a dit putain.

— César, merci, on a entendu, le réprimande Chiara.

— Crois-moi, il m'a coûté plus cher que ces places.

— Si tu pouvais, parfois, montrer ne serait-ce qu'un tout petit peu de reconnaissance, hein…

— Merci, frangin ! s'exclame Diane en étreignant son frère.

La porte de l'un des deux appartements que comprend le palier s'ouvre en grand, les faisant sursauter tous les cinq.

— Je me disais bien que j'avais entendu quelque chose ! Henry, viens ! Ils sont là !

Le grand-père paraît à son tour sur le pas de la porte, tout sourire.

— Bonjour, les enfants !

— Et Diane nous fait même le plaisir d'être à l'heure ! N'est-ce pas formidable ?!

31

NEW YORK

La veille, ils se sont couchés sans s'adresser une parole ni un regard. Quand, au petit matin, Chiara ouvre l'œil, le lit de Max est vide. Il a pris soin de laisser un message à son intention sur le bureau. « Suis au petit déj'. »

Elle se lève, tire les rideaux pour laisser entrer la lumière et décide sur un coup de tête de fumer une cigarette à la fenêtre, au mépris des interdictions formelles stipulées à différents endroits de la chambre. Juchée en équilibre précaire sur le montant, elle prend plusieurs bouffées sans pour autant les apprécier, s'assurant plutôt que la fumée ne pénètre pas dans la pièce. Échec. Chiara file dans la salle de bains et attrape le parfum de Max pour masquer l'odeur qui est en passe de s'installer. Elle hume la bouteille qu'elle connaît si bien : Max, depuis qu'elle le fréquente, porte cette fragrance fraîche et boisée, où se mêlent des notes de citron et de vétiver. Après une seconde d'hésitation, elle s'en asperge et hume son tee-shirt. Étonnant comme certaines odeurs rassurent, dissipant même momentanément sa colère. Peut-être que lorsqu'ils seront séparés elle adoptera ce parfum pour elle-même. Elle repense à Scott, l'Australien revenu dans sa vie deux ans plus tôt. Au départ, il s'agissait d'un simple échange de mails, avant que son premier amour ne manifeste l'envie de la revoir. Mauvaise idée. Après quelques semaines d'hésitation elle avait cédé, persuadée qu'elle n'allait rien ressentir en le voyant des années plus tard. En réalité, sa jeunesse toquait à sa porte, avec tout ce que cela comprenait de nostalgie et de fantasmes. Elle se souvient d'une soirée hors du temps, qui avait dégénéré au fil des minutes. D'une politesse gauche, elle avait rapidement glissé vers la nostalgie. Ensuite, un désir venu de très loin s'était rappelé à eux. Paniquée, elle avait laissé Scott en plan après un court baiser et mis un terme à leurs échanges. Parfois, Chiara se demande ce qu'il serait advenu si elle était restée ce soir-là. À cette époque, elle espérait encore que des rustines colmatent les brèches de son mariage. Techniquement, elle n'a pas fauté, mais elle sait que Max péterait une durite s'il savait. Son téléphone s'anime sur la table de chevet, l'extirpant de ses pensées. « Envoie-moi les infos pour FX, on se retrouve directement là-bas. »

Chiara se perd dans la contemplation de l'écran comme s'il était le prolongement de Max. Ah ! Il le prend comme ça, très bien. Elle fouille ses messages et récupère les données envoyées la veille par le photographe, puis les lui transfère aussitôt. Bêtement, un instant enivrée par le parfum, elle avait imaginé le rejoindre au restaurant pour petit-déjeuner. Une seconde, elle avait rêvé qu'il lui présente des excuses. Quelle connerie. Des mois qu'elle prend des gants pour que la séparation se passe au mieux, pour que la famille et les amis ne prennent parti ni pour l'un ni pour l'autre, pour que leurs vies soient le moins bousculées possible et, alors que la ligne d'arrivée est à portée de vue, elle apprend que cet idiot roucoule depuis janvier avec… avec qui, d'ailleurs ? Enfin ça, on s'en fout, ce qui importe c'est qu'elle est déçue. Terriblement déçue. Elle se prépare en vitesse, se contentant d'un café pour démarrer la journée, l'estomac peu enclin à supporter autre chose. Elle se sent amère, idiote et fautive. Fautive parce que complice du déclin, il y a longtemps qu'ils auraient dû se séparer : en se taisant, en ne réagissant pas, elle a sa part de responsabilité. Dans le miroir, tandis qu'elle se maquille, absorbée qu'elle est par ses pensées, elle voit son corps hausser les épaules, comme pour lui donner raison, lui dire qu'il n'est pas dupe et qu'elle aurait dû s'affirmer avant.

Pourquoi est-ce si difficile de trancher ? Sans doute parce que au fond Chiara aurait préféré que tout se passe différemment. Sans doute parce qu'ils ont eu de magnifiques années et connu un grand bonheur. Peut-être, aussi, parce qu'il est compliqué de mettre fin aux injonctions, à un bonheur de magazine qu'elle devait bien aux autres. Parce que c'est comme ça dans son esprit. Il y a des choses qui se font et d'autres qui ne se font pas.

C'est à Battery Park, arpenté lors de leur première journée, qu'ils sont censés retrouver FX. Chiara longe les nombreuses pièces d'artillerie qui ont été installées là durant la guerre d'indépendance pour protéger le port. Au point de rendez-vous, le photographe ne semble pas étonné de voir Chiara et Max arriver séparément.

— Salut, les tourteaux ! Vous êtes prêts pour rendre visite à Lady Liberty ? Ensuite, on enchaîne avec Ellis Island.

— Super ! répond Chiara d'un ton léger.

Max se contente de gonfler les joues en haussant les sourcils.

— Tourteaux, tourtereaux ? Jeu de mots, vous l'aviez ?

— Ça va, oui…

Mais FX n'écoute pas sa réponse. Il paraît soucieux, la batterie de sa caméra lui jouant visiblement un mauvais tour. À la dérobée, Max observe Chiara qui affecte une humeur joyeuse et feint avec malice de se soucier des soucis techniques du caméraman. Pendant que celui-ci farfouille à l'intérieur de son sac à dos à la recherche d'un accumulateur de secours, Max tente d'attirer l'attention de Chiara qui s'applique pourtant à l'ignorer.

— Bon, les amis… L'heure est grave, mais on va s'en sortir.

FX pointe du doigt le ferry qui s'apprête à partir.

— Il faut absolument qu'on prenne cette navette, j'ai pas de billets flexibles. Faut savoir que le budget est serré, donc je fais au plus juste. Et là, je ne peux absolument pas envisager de trouver une autre batterie, et encore moins rentrer chez moi en récupérer une.

— Et donc ? s'impatiente Max.

— Donc, on embarque, mais je vais pas pouvoir filmer longtemps. Cela dit, pas d'inquiétude, je peux easy ajouter quelques plans, hein ! J'en ai plein les disques durs. La statue de la Liberté ne change pas, c'est l'avantage.

— Qu'on en termine, déclare Max en prenant la direction du quai.

Chiara sent une colère acide monter en elle en voyant Max devenir carrément désagréable.

— Tu sais, FX, ce n'est pas très grave, au fond, dit-elle en empruntant la passerelle pour monter à bord du ferry.

— Ouais, je te dis, no souci… J'ai plus d'un tour dans mon sac ! Avec deux, trois plans, la petite famille sera ravie de mon montage.

— En rentrant, on annonce notre divorce, alors tu sais… Ne vise pas la Palme d'or avec ces séquences, poursuit Chiara sans un regard pour Max.

FX se fige littéralement, bloquant la progression du flot de touristes.

— *What?* finit-il par articuler, les yeux comme des soucoupes.

— Elle déconne ! se récrie aussitôt Max en se retournant et en agrippant le bras de Chiara.

— Oh ! J'y ai cru !

— Mais « elle » ne déconne pas du tout ! reprend Chiara tout en repoussant Max.

— Si. Elle déconne. Elle est insupportable avec ça, vanne sur vanne sur vanne. C'est du non-stop. Elle ne s'arrête jamais !

— Je ne sais pas m'arrêter ?

— Enfin, là, tu vas t'arrêter parce que ce n'est pas super drôle et qu'on va faire gentiment ce qui est prévu.

FX hoche la tête en souriant.

— Vous êtes de sacrés numéros, tous les deux... Tu dois pas t'ennuyer, Max !

— Ouais, c'est ça. Je ne m'ennuie pas.

Max prend Chiara à part, laissant FX embarrassé, pas vraiment certain de ce qui est en train de se passer.

— Tu joues à quoi ? Ça t'amuse ?

— Non, pas spécialement, je t'assure. Il est peut-être simplement temps d'arrêter de jouer la comédie, c'est tout.

— Pas maintenant ! Tu déraillles !

— Oh, ben, écoute, après tout qu'est-ce qu'on s'en fout ! Tu te tapes une Roxane depuis des mois, et tu ne fais même pas semblant d'être gêné. Donc j'avoue, je ne vois plus trop l'intérêt de faire semblant. J'en ai marre.

— Tu n'es qu'une égoïste.

— Moi, égoïste ?

— Parfaitement ! Tu tenais à ce qu'on fasse comme tu l'entends pour passer pour une sainte.

— Si je voulais passer pour une sainte, j'aurais balancé un certain nombre de choses depuis longtemps, crois-moi.

— Tu ressasses encore ça ? Je vais payer toute ma vie pour un faux pas !

Chiara fulmine, hésite une micro seconde.

— Et tes investissements immobiliers, ça va ? Ça se passe comme tu veux ? dit-elle d'un ton glacial.

Le visage de Max se fige, l'information prenant le temps de cheminer dans toutes les sphères de son cerveau. Peu à peu, ses traits se décomposent, formant pour finir une mimique grotesque. Sans attendre, Chiara fait volte-face, s'approche du photographe stupéfait et prend la pose.

— Bon allez, FX, on reprend ! On ne va pas y passer la journée !

Les touristes présents à bord observent la scène sans en perdre une miette, délaissant tout à fait la statue de la Liberté dont le bras est tétanisé derrière eux. FX, toujours crispé et la caméra pendant à son cou, finit par s'exécuter sans oser regarder franchement Max. Il ajuste son appareil, fait quelques réglages et se concentre, professionnel pour la première fois de leurs entrevues.

— Vous êtes prêts ? J'ai un super angle, là… Et la lumière est nickel. C'est bon pour moi.

— C'est parti, s'exclame Chiara en offrant son meilleur sourire à l'objectif.

Max est là sans l'être, bouche bée, sous le choc de ce qu'elle vient de formuler.

— Tu viens ou quoi ?

Sur pilote automatique, Max s'approche et, semblant mobiliser ce qui lui reste d'énergie, agrippe fermement la rambarde du ferry. Tandis que Chiara, bonne élève, se prête au jeu de la vidéo, un observateur extérieur pourrait facilement imaginer que Max est en proie à un sévère mal de mer. Si celui-ci ne devait avoir qu'une certitude, c'est que celle qui, pour l'heure, est encore sa femme, ne cessera jamais de le surprendre.

32

DRÔME PROVENÇALE, UN AN PLUS TÔT

Perchée sur une colline, les premiers voisins à des kilomètres, la location est plus fantastique encore que celle dénichée l'année passée. En propriétaires saisonniers, assis sur le perron de la bastide blanche et imposante, Isa, Paul, Chiara et Max attendent leurs invités. Ils ont passé la première semaine seuls avec leurs enfants, les deux prochaines vont être plus agitées entre les passages des uns et des autres, à commencer par ce soir.

— Ils arrivent à quelle heure ? demande Paul.

— J'imagine qu'ils sont encore dans les bouchons. Aux alentours de 19 heures, probablement, répond Max en dégainant son téléphone.

— Allez ! Apéro ! Ça les fera arriver.

— Oh non ! Je crois que la box a encore lâché ! J'ai plus de wifi, peste Max.

— Et ce n'est pas plus mal ! s'écrie Isabelle au loin. Vous êtes pires que les gosses avec vos téléphones.

Tandis que Max et Paul partent chercher de quoi se rafraîchir, les filles lézardent au soleil. En cette fin de journée, l'air est plus respirable et les rayons plus agréables encore qu'en plein après-midi. Chiara quitte les marches du perron pour s'installer dans une chilienne. Elle laisse glisser ses tongs au sol et pose ses pieds sur un tabouret. Là, le visage tourné vers le soleil, elle se détend. Elle ferme les yeux, goûte l'effet de la chaleur sur sa peau, ressentant de brefs répits lors du passage de quelques nuages. En cet instant, elle ne pense à rien d'autre. Les soucis sont loin, elle pourrait rester des heures allongée ainsi, dans le silence, et seule, si possible.

— Dis-moi, Chiara, est-ce que tout va bien ? s'enquiert Isabelle.

Chiara rouvre les yeux avec difficulté, troublée par la luminosité soudaine. Elle se garde bien de bouger, tournant à peine la tête vers son amie.

— Pourquoi cette question ?

— Tu as l'air un peu… ailleurs, depuis notre arrivée.

— Tu trouves ? bredouille-t-elle. Je décompresse, ni plus ni moins.

— Je t'ai connue plus gaie. Mais s'il n'y a pas de problèmes, je n'insiste pas.

Chiara sourit sans rien ajouter, heureuse de voir revenir les garçons armés de verres, d'une bouteille de rosé et d'un seau à glaçons.

— Merveilleuse initiative ! déclare-t-elle d'un ton un peu trop guilleret pour qu'Isabelle ne relève pas l'effort.

Max s'assoit à côté de sa femme et enserre la bouteille de ses genoux pour faire jouer le tire-bouchon jusqu'à libérer le vin dégoté dans une proche exploitation.

— Je préfère vous prévenir : les enfants sont dans la piscine avec le chien.

— On va y laisser la caution, je vous aurai prévenus ! râle Paul.

— Je nettoierai le filtre pour virer tous les poils, promet Chiara. Ils s'amusent tellement que ça me crève le cœur de le sortir à chaque fois.

Au même moment, la silhouette d'une voiture se dessine au bout de l'allée gravillonnée qui mène à la bastide. Lentement, elle progresse entre les haies d'oliviers centenaires et les pieds de lavande tout juste coupés. Chiara respire à pleins poumons, ce mélange de senteurs porté par le vent de fin journée a sur elle un effet relaxant.

— Je vous avais dit que ça les ferait venir ! fanfaronne Paul en levant son verre en direction du véhicule.

— Ils sont passés chercher Lucie à la gare ? demande Isabelle.

— Lucie et son amoureux, tu veux dire ! précise Max avec un clin d'œil.

— L'avocat ? interroge Paul avant de prendre une gorgée de rosé.

— Tu ne suis rien, ce n'est pas possible ! Elle a quitté l'avocat. Il est dermato, le nouveau, c'est bien ça ?

— Oui, chuchote Chiara. Un peu de discrétion, bon sang !

— Génial, il va nous saouler avec des histoires de capital soleil et de cancer de la peau, râle Paul pendant qu'Estéban achève de garer sa voiture et que, dans la seconde, quatre portières s'ouvrent.

Ils se saluent, s'étreignent, s'embrassent et, une fois que Lucie a présenté son compagnon aux autres, ils se déplacent de concert jusqu'à la terrasse principale, celle plein ouest, qui domine la piscine et les collines environnantes. Mélanie souligne la beauté des lieux avant de lister tous les pépins rencontrés pendant le trajet et les mauvais choix d'itinéraires de son mari. Estéban lève les yeux au ciel dans le dos de sa femme – visiblement ils sont une fois de plus en froid – et tandis que les nouveaux venus s'extasient sur la vue, Chiara vient enlacer Lucie.

— Je suis contente que tu sois là... chuchote-t-elle.

— Qu'est-ce qui se passe ? s'inquiète Lucie à l'oreille de son amie.

— Rien. Mais ça me fait du bien de te voir.

Elle l'étreint à nouveau, comme pour puiser en elle une énergie nécessaire à la poursuite des événements, puis reprend le fil de la soirée. Elle appelle les enfants pour qu'ils mettent la table, sort les salades du frigo, et s'active aux côtés de Max dans un ballet bien rodé.

— Demain, c'est notre tour, précise Isabelle, crispée à l'idée qu'on pense qu'elle se la coule douce tous les soirs.

En apparence, tout est parfait et, dans la lumière qui décline, le tableau est idyllique. La table est joliment dressée, des lampions oscillent au gré du vent et d'énormes bougies à la citronnelle posées çà et là repoussent les moustiques qui ne manqueront pas de venir se régaler, eux aussi. Pendant que Diégo, le dermato, fait remarquer qu'il n'est pas sain d'autoriser un chien à se baigner dans une piscine et que le volume sonore des enfants est un peu trop élevé à son goût, pas conscient de perdre un certain nombre de points auprès de tous, Lucie épie Chiara du coin de l'œil. Elle est bluffée par le jeu de son amie, la facilité avec laquelle la petite brune s'anime lorsqu'elle revient dans le groupe. Installer de nouvelles guirlandes lumineuses, actionner l'éclairage extérieur de la piscine, penser aux serviettes de table oubliées par les enfants. Un mot pour chacun, un fond musical, un sourire. Elle sait comment Chiara fonctionne, et ce soir elle perçoit l'absence de sincérité dans ses gestes, comprend l'automatisation. Etta James chante « At Last » et quelque chose ne va pas. Pour tout autre œil que le sien, c'est imperceptible. Chiara surprend le regard affûté de son amie et rougit, sans doute déjà en train de regretter d'avoir laissé une faille à portée de vue.

Quand le repas touche à sa fin, que les enfants bâillent et filent se coucher pour mieux profiter du lendemain, que les adultes prolongent le dîner par une tournée de digestifs doublée d'un blind test musical, Lucie et Chiara s'installent un peu plus loin autour d'une infusion. La blonde sait qu'il ne sert à rien de questionner, Chiara se livrera si elle en ressent la nécessité. Pendant que les rires fusent à quelques mètres, que les verres tintent, pendant que les blagues résonnent et que les cigales, peu à peu, prennent congé, les deux amies se considèrent avec tristesse. Le temps n'est pas aux mots, l'heure n'est pas aux explications. Sans doute Chiara décharge-t-elle sa peine dans les yeux de son amie, sa sœur, qui songe à sa douleur. Dans cet échange elle s'allège, dilue son mal-être. À Lucie, nul besoin de raconter en détail, d'expliquer comment les temps sont durs, comment les disputes s'enchaînent dans le huis clos familial, comment, quoi qu'il arrive, elle veut sauver la face. Puisque Chiara a passé sous silence, toutes ces années, les creux des vagues et la déchéance de son couple, Lucie ne comprendrait pas l'amertume, la rancœur et les regrets. Surtout, elle ne comprendrait pas que Chiara se satisfasse d'une vie qui ne lui plaît plus. Peu importe puisque Lucie n'a pas besoin d'être au fait pour dire, d'un battement de cils, je suis avec toi. Quoi qu'il se passe, je serai là.

33

VINCENNES

Rose a ignoré les protestations d'Isabelle. L'amie de sa belle-fille n'allait quand même pas se coltiner chez elle les trois soirées visionnage ! La grand-mère a insisté pour que la deuxième projection du séjour new-yorkais se déroule dans la maison de Max et Chiara. Après tout, c'est la moindre des choses, et puis ici Rose n'a presque rien à faire. Une fois César parti pour l'école, elle s'ennuie dans cet endroit qui n'est pas le sien, dans lequel ils n'ont pas vraiment leurs habitudes. Bien sûr, elle profite du jardin et c'est très agréable, mais elle a hâte que le projet de construction se concrétise pour être ici à demeure. Bon, de l'autre côté du terrain pour être exact, mais c'est un peu jouer sur les mots… Cependant, les choses semblent mal parties pour la soirée : dans la journée, Diane et Manol ont successivement décliné l'invitation, ce qui rend Rose d'humeur maussade.

— Est-ce bien nécessaire de se réunir autant ? tente Henry tandis que sa femme sort une plaque à pâtisserie du four.

— Tu as autre chose à faire de tes journées, peut-être ?

— Moi, non. Mais je comprends que, pour d'autres, c'est sans doute le cas.

Rose hausse les épaules et secoue légèrement la tête tout en décollant les roulés aux herbes qui ont fusionné entre eux.

— Diane m'exaspère, elle ne fait aucun effort. Et Manol, franchement...

— Rosie, laisse un peu Diane en paix... Et j'imagine que Manol a des tas de choses à préparer avant son départ pour le Kenya.

Lorsque Paul et Isabelle arrivent, suivis de près par Lou et Anna, Rose se remet à sourire. Pour le plaisir, elle houspille Isabelle qui n'a évidemment pas pu s'empêcher d'apporter deux tartes salées. Quand Estéban sonne à la porte, seul, et annonce le forfait de Mélanie pour cause de « migraine ophtalmique », un léger malaise s'installe dans l'entrée de la maison.

— Bah ! Il y en aura plus pour nous ! plaisante Lucie qui se présente en même temps que Joseph alors que l'embarras perdure. Rose, comment je peux me rendre utile ?

Estéban adresse à la grande blonde un sourire reconnaissant, heureux qu'elle ait bouté la défection de Mélanie hors de la conversation.

— Une migraine, c'est ça ? tente tout de même Lucie un peu plus tard, lorsque la configuration des invités le permet.

— Qu'est-ce que tu veux que je dise d'autre ? Que j'annonce qu'elle a prétendu avoir oublié un rendez-vous professionnel ? Un soir en semaine ?

— Je vois le topo…

— Franchement, ça devient invivable.

— Mais toi, comment tu te sens ?

Estéban relève soudain la tête, comme surpris que Lucie l'interroge sur son moral. Lui-même ne prend pas vraiment le temps de s'en soucier.

— Oh, tu sais… Je bosse, je rentre le soir, et le lendemain je retourne taffer. C'est aussi simple que ça. C'est tendu en ce moment au boulot, et l'absence de Max me rend la semaine compliquée. Pour ce qui est de Mélanie, je crois que j'attends qu'elle me quitte mais, manque de bol, elle ne le fait pas.

— Tu as envie que les choses s'arrangent ?

Estéban se met à rire doucement, faisant tressauter ses épaules, dans un élan de démission autant que de tristesse.

— C'est trop tard, crois-moi. Vraiment trop tard. Disons que Mélanie voudrait que je lâche l'appart, mais je n'ai aucune envie de déménager.

Lucie lève les yeux au ciel.

— Tu préfères te pourrir la vie au quotidien ? Mais bouge, Estéban ! Vous n'avez même pas d'enfants pour vous retenir ! Prends une location ! Tu en as les moyens !

— Ce n'est pas si simple que ça, l'appart est à nos deux noms, si je commence à céder du terrain… Le contrat de mariage, tout ça… Bref.

— Bref, comme tu dis : une histoire de gros sous.

— Oui, c'est nase.

Paul s'approche d'eux en regardant de tous les côtés.

— Comment ça va par ici ?

— Et toi ? Tu m'as l'air sacrément sur les nerfs.

— Je n'ai pas encore mis Isa dans la confidence, alors je rumine dans mon coin.

— Pardon, mais je trouve ça étrange que ça te stresse comme ça, lance Lucie.

— Si je lui raconte maintenant, je la connais, elle ne va pas réussir à faire semblant. Et si je ferme plus longtemps ma gueule, elle va m'en vouloir d'avoir gardé le secret. L'idéal serait encore que j'aie mal compris.

— Et que Lady Di sonne à la porte…

— Excuse-moi, mais le doute n'est pas permis, objecte Estéban. Projet de divorce à l'amiable, ça veut dire ce que ça veut dire.

— J'ai même pensé à appeler Max, si vous voulez tout savoir…

— C'est une blague ? Pour lui dire quoi ? « J'ai trouvé un dossier dans ton bureau, peux-tu m'en dire plus ? »

— Arrêtez de faire les hypocrites tous les deux. Vous savez tout autant que moi que si Max et Chiara divorcent il y aura des conséquences pour nous tous.

— Me concernant, sans aucun doute pour le boulot, oui. Mais Max est mon ami avant d'être mon associé. Ça me chagrine pour eux, mais je survivrai.

— N'empêche que s'il a besoin de thunes et qu'il te vend des parts, ça ne serait pas pour te déranger.

— Classe… Tu penses à ma place, c'est parfait, répond Estéban en terminant son verre d'un trait.

— Et moi ? demande Lucie. Ça changerait quoi pour moi ?

— Pas grand-chose, j'avoue. C'est vrai que globalement tu n'as pas grand-chose à perdre. Tu n'as rien construit.

— Charmant.

— Et toi, mon cher Paul ? relance Estéban amèrement.

— Ma famille ! Ma famille est très liée à la leur, Isa serait… déstabilisée de les voir se séparer et j'ai d'autres chats à fouetter. Et puis Rose, Henry ? Et Joseph ? Vous y avez pensé ?

Paul les regarde tour à tour silencieusement et quand Isabelle l'interpelle, il les laisse volontiers en plan.

— Qu'est-ce qu'il nous fait ?

— Il m'a toujours un peu gonflé, à vrai dire, mais là, il vrille, non ? souffle Estéban.

Faute de maîtriser l'équipement sophistiqué de Max, Henry passe la main à sa petite-fille. Lou, au fait des technologies de son époque, parvient en quelques manipulations à peine à relier l'ordinateur portable de son grand-père au téléviseur. D'aucuns calés dans le canapé et les fauteuils, d'autres perchés sur les accoudoirs, tous cessent leurs bavardages quand la vidéo commence. César rit aussitôt qu'il aperçoit ses parents malmenés par le vent sur la navette qui s'approche de la statue de la Liberté. Lucie, Paul et Estéban veillent à ne pas se regarder et détaillent attentivement les images qui défilent et sur lesquelles sont posés les commentaires du professionnel. Les quelques séquences du couple sont entrecoupées de plans sur la statue de la Liberté, la vue sur le fleuve et sur Ellis Island.

— On ne les voit pas beaucoup, quand même, regrette Rose en piochant un toast sur le plateau posé sur la table basse.

— C'est vrai que cette fois ça fait un peu documentaire, ajoute Isabelle.

Dans une dernière série d'images, le caméraman revient sur le couple. Si Chiara a l'air de s'amuser, Max, lui, le teint verdâtre, agrippe la rambarde de l'embarcation, le tout cette fois sur fond de musique classique.

— C'est quoi, cette tronche ? s'écrie Lou, déclenchant l'hilarité chez son frère.

— Il n'a jamais eu le pied marin, précise Henry en hochant la tête.

— Ça risque de donner dans l'hélicoptère, tente de plaisanter Lucie qui perçoit dans son angle mort les regards de Paul.

Une fois la séquence terminée, le générique excessivement promotionnel de FX prend la suite sur l'écran. Ses réseaux sociaux apparaissent les uns après les autres, ainsi que plusieurs avis cinq étoiles TripAdvisor.

— Bon, eh bien ça m'a l'air d'être un très beau voyage, conclut Rose.

— Tu voudrais que je t'y emmène, ma chérie ?

— Pour manger leurs cochonneries ? Certainement pas !

L'ambiance est plus morose que lors de la première projection. Lorsque Isabelle insiste pour aider la grand-mère à laver les verres en trop grand nombre pour tenir dans le lave-vaisselle, Lou, Anna et César en profitent pour filer à l'étage. Pour ne pas risquer d'impair, Lucie décide de ne pas s'éterniser et après avoir remercié Rose et Henry elle prend congé, talonnée par Estéban sur le pas de la porte.

— Désolée, mais je dois me remettre sur un dossier en rentrant. En tout cas, merci pour tout, Rose, il faudra que je vous pique deux trois recettes à l'occasion !

— Avec plaisir ! répond l'intéressée.

— C'est vrai que demain il y a classe pour tout le monde, plaisante Joseph en passant lui aussi sa veste.

Isabelle, un torchon à la main, s'approche pour donner les consignes du dernier rendez-vous commun.

— Préparez-vous, les amis ! Vendredi, c'est soirée américaine !

— Rassure-moi, on n'est pas obligés de se déguiser ? s'inquiète son mari.

Isabelle émet un petit claquement de langue.

— Tu es obligé de plomber l'ambiance ?

Mais tous, autour, attendent sa réponse avec appréhension.

— Laissez tomber. Ce sera hot dogs, burgers et autres, voilà…

Laissant Isabelle houspiller Paul, et Rose arguer que ça fait bien longtemps qu'elle ne s'est pas déguisée, Lucie, Estéban et Joseph quittent la maison.

— Je te dépose ? propose Estéban.

— C'est gentil, je vais prendre un Uber, répond Lucie en nouant la ceinture de son trench.

— Sûre ? Ça ne me dérange pas.

— File ! Ce n'est pas du tout ton chemin !

— Je sais, mais bon… avec toi au moins je souffle un peu.

Lucie sourit faiblement. Elle n'a jamais apprécié Mélanie, et a toujours trouvé le couple très mal assorti. Un instant, avant que la raison ne reprenne le dessus, l'envie d'accepter qu'Estéban la reconduise lui traverse l'esprit. En spécialiste des relations compliquées voire foireuses, Lucie sait que se lier avec un homme en plein drama conjugal n'est jamais une bonne idée. Pourtant, elle l'apprécie beaucoup, le timing est mauvais.

— Déguerpis, je te dis, répond-elle en évitant son regard.

— Alors rendez-vous vendredi pour le round final ! lance Estéban en gagnant la rue.

Lucie se tourne vers Joseph qui ajuste son col et sourit. Le vieil homme semble sur le point de dire quelque chose, avant de se raviser.

— Tout va bien, Joseph ?

Il souffle brièvement par les narines, comme résigné.

— Je ne sais pas, à vrai dire…

Lucie, le téléphone en main, prête à lancer l'application de VTC, se raidit légèrement.

— Tu ne trouves pas ça étrange ? Ces reportages, là. Il me semble que Chiara n'est pas comme d'habitude. Et Max non plus, d'ailleurs.

Lucie mobilise toute l'énergie dont elle est capable pour donner le change devant le père de sa meilleure amie.

— Alors, la vidéo, hein… Personnellement, je déteste l'exercice ! Je comprends qu'ils ne soient pas à l'aise.

— Peut-être…

— Je vais vous dire, je trouvais cette idée totalement débile. Franchement quand on part en vacances, ce n'est pas pour être espionnés, non ? Je sais bien que c'est le copain de Manol, mais j'aurais détesté qu'on me fasse ça !

— Certes, mais ce n'est pas ça... Il s'agit d'autre chose, répond Joseph comme s'il se parlait à lui-même.

Lucie choisit de ne rien rajouter et observe le septuagénaire. Il a l'air si fragile en cet instant, loin de l'image du quinquagénaire énergique de ses souvenirs. Des remords viennent la visiter, cependant il est hors de question d'avouer ce qu'elle sait depuis quelques jours. Alors qu'il paraissait perdu dans la contemplation d'un parterre de fleurs, Joseph relève brusquement la tête.

— Tu ne me caches rien ?

— Joseph...

— Lucie, s'il y a un problème, je voudrais être au courant. Je connais suffisamment ma Chiara pour voir qu'elle n'est pas dans son état normal, là, dans cette télé.

Cette fois-ci, Lucie hésite. Elle pourrait lui faire part des éléments dont Paul a eu connaissance et qui ont filé jusqu'à elle aussi vite qu'une traînée de poudre, mais elle-même n'est pas légitime dans ce secret.

— Je trouve aussi qu'ils ne se comportent pas très naturellement, si c'est mon avis que vous voulez entendre.

Les yeux noirs de Joseph fouillent les siens, et aussitôt l'atmosphère rafraîchit de quelques degrés. À défaut d'être satisfait, il hausse les épaules.

— Je peux te raccompagner tu sais, je ne suis pas pressé.

Lucie secoue la tête et l'embrasse sur la joue.

— Non, c'est gentil, je vais me débrouiller.

— Comme tu veux.

En lui adressant un dernier sourire, elle frissonne. S'apercevant de fait qu'elle n'a pas récupéré l'étole avec laquelle elle était venue, Lucie pivote vers la maison.

— Zut, je l'ai laissée sur le portemanteau ! Je suis bonne pour y retourner !

— Tiens, tiens… On nous espionne, murmure Joseph.

À une fenêtre, ils ont juste le temps de distinguer Lou qui tire précipitamment le rideau. Dans la foulée, ils perçoivent le léger bruit d'un ouvrant qu'on referme.

— Je ne suis peut-être pas le seul à trouver cette situation curieuse, termine Joseph en se dirigeant pour de bon vers la rue, laissant Lucie dans un état d'esprit composite.

34

NEW YORK

FX congédié à la vitesse de la lumière, Chiara saute de la navette fluviale lorsque celle-ci accoste à Battery Park. Max sur ses talons, elle fend la foule de touristes pour accéder à la station de taxis toute proche.

— Tu fais quoi ? s'écrie Max en pressant le pas.

— En général ? Ou là, maintenant ? répond-elle sans se retourner.

— Chiara, s'il te plaît…

La petite brune fait signe à un véhicule qui valide sa course et change le statut de sa borne lumineuse.

— Je vais à Coney Island. *Coney Island, please.*

— Quoi ? bredouille Max.

— Coney Island, répète-t-elle en ouvrant la portière et s'engouffrant dans le taxi.

— On pourrait parler ?

— Je n'ai pas envie de parler. T'es sourd ? Je veux juste voir à quoi ressemble Coney Island.

Chiara confirme les instructions au chauffeur qui, déjà klaxonné de toutes parts, est pressé de s'insérer à nouveau dans la circulation.

— Et moi ? Je fais quoi ?

— T'es un grand garçon, non ? Tu vas bien trouver à t'occuper. Dégage.

Sur le trottoir, Max hésite un instant, puis contourne la voiture pour s'y introduire par la portière arrière opposée.

— Qu'est-ce que tu fous ?

— On va aller là-bas et parler !

— Je ne veux pas ! T'es bouché ?

Le chauffeur, via son rétroviseur, porte sur ses passagers un œil inquiet.

— *A problem, Madam?*

— *No problem*, assure Max.

À l'occasion d'un feu rouge, le chauffeur se retourne tout à fait vers Chiara.

— *Do you want me to kick this jerk out?*

— *No... Thank you, sir.*

— Merci, murmure Max qui semble alors n'avoir plus que six ou sept ans.

— Ce n'est pas parce que je ne t'abandonne pas sur le trottoir que je veux entendre le son de ta voix.

Durant le trajet jusqu'à Brighton Beach, Chiara ignore Max. Elle tente un brin de causette avec le chauffeur, lequel lui conseille de passer par Little Odessa, le quartier russophone, avant de gagner la promenade qui mène au Luna Park si souvent exhibé dans les images new-yorkaises relayées aux quatre coins de la planète.

Sur place, Chiara se laisse porter par l'ambiance, médusée d'avoir à ce point changé d'atmosphère. Dans la rue, des femmes et des hommes d'un certain âge profitent du soleil. Assis sur des chaises de camping, dos aux murs des immeubles, ils discutent, semblant surveiller les allées et venues. Partout une langue slave a remplacé celle de l'oncle Sam. À portée de vue on trouve l'océan Pacifique, tandis que sur la plage, quantité de baigneurs se prélassent.

— Je ne savais pas qu'il y avait une plage à New York, dit Max.

— Moi non plus, répond Chiara en oubliant son vœu de silence.

Max tente un petit sourire.

— Tu veux remonter par là ?

Chiara hoche la tête et se met en route sur Riegelmann, la longue promenade qui court jusqu'au parc d'attractions. Ils cheminent sur l'allée revêtue de larges planches. Tout du long on peut voir de nombreux bancs d'un bleu soutenu ainsi que quantité de gros barils colorés faisant office de poubelles. De part et d'autre s'alignent de hauts lampadaires, donnant à l'ensemble des allures de piste d'atterrissage.

— Je ne sais pas quoi dire, souffle Max en marchant à ses côtés.

— Tu veux parler mais tu ne sais pas quoi dire ?

— C'est loin d'être facile…

Et tandis que sur le bord de la promenade, les terrains de basket, de handball et de beach-volley se succèdent, le couple fait mine de se concentrer sur le jeu des uns et des autres.

— Tu ne m'avais pas dit que tu voulais visiter ce coin ?

— J'ai lancé ça au hasard tout à l'heure. Pourquoi pas, après tout ?

— Pourquoi pas, oui. Que dit ton guide ?

Chiara troque momentanément la hache de guerre contre son vade-mecum et consulte le chapitre correspondant à Brighton Beach.

— Le mieux, c'est à la nuit tombée, paraît-il. Parfait, donc.

À mesure qu'ils progressent en direction du parc, les manèges prennent toute leur démesure et, le soleil se couchant, les lumières des attractions produisent peu à peu une ambiance toute particulière.

— Avec ces milliers de néons, on se croirait dans un autre monde ! lâche Max, soufflé.

— Un monde où on fait des investissements immobiliers dans le dos de sa femme, tu veux dire ?

Sans attendre de réponse, Chiara file jusqu'à un jeu duquel émergent des taupes en plastique, lesquelles n'attendent que de se faire aplatir par de gros marteaux en mousse.

— Viens ! On fait une partie !

Quelques minutes plus tard, et après trois manches remportées par Chiara, celle-ci, échevelée d'avoir tout donné, se détend un peu.

— Ça m'a donné faim ! s'exclame-t-elle sans transition.

— Tu as envie de quoi ?

— Un hot dog sur un de ces bancs, ça s'impose.

— Un hot dog au Luna Park de Coney Island et mourir, s'écrie Max en se dirigeant vers une échoppe aux néons racoleurs.

Tandis qu'il s'éloigne, Chiara s'installe. Elle le regarde se débattre avec sandwiches et barquettes de frites, l'imagine pester parce qu'il n'y a pas assez de serviettes et qu'il a de la moutarde plein les doigts. Peut-être que leur vœu pieux de devenir amis un jour se réalisera. Un jour, mais pas aujourd'hui. Il y a trop de cadavres dans leur placard. Elle embrasse le panorama du regard, l'esprit éparpillé dans les recoins de la digue et sursaute quand Max lui tend son hot dog. Ils mangent en silence, sans qu'il se décide finalement à vider son sac. Il faudrait crever l'abcès, mais Chiara ne relance pas le sujet : ce soir est une trêve dans la trêve, elle n'a pas la force en cette fin de journée d'en apprendre plus que ce qu'elle a lu dans ce mail.

35

VINCENNES

En quête de son étole, Lucie revient sur ses pas. Elle sonne à nouveau à la porte de la maison et c'est Henry, surpris, qui la fait entrer.

— Juste là ! s'exclame triomphalement la grande blonde en pointant le portemanteau du doigt.

— Les nuits sont fraîches, tu as raison, commente le grand-père.

— Oh ! Avant de partir pour de bon, je voudrais voir Lou. J'ai totalement oublié de lui demander ce qu'elle voulait pour son anniversaire ! Quelle piètre marraine, n'est-ce pas... Les enfants sont à l'étage ?

— Si on ne les entend pas, c'est qu'ils y sont toujours ! Je t'accompagne ?

— Pas besoin, je connais la maison !

— Lucie ? s'étonne Paul, en sortant de la cuisine, un torchon à la main.

— Je redescends, je n'en ai pas pour longtemps ! dit-elle sans demander son reste.

Dans le couloir plongé dans le noir, Lucie se laisse guider par la musique et les éclats de voix qui proviennent de la chambre de sa filleule. Les filles sont sans doute en train de reproduire une énième chorégraphie TikTok. Elle toque quelques coups à la porte, suscitant aussitôt le silence.

— Lucie ? s'étonne Lou en entrebâillant la porte.

— Je voulais te parler, tu as cinq minutes ?

Sur le lit de l'adolescente, Anna et César squattent avec le chien.

— Il a le droit d'être là, lui ?

— En théorie, non. Mais tu ne diras rien, hein ? s'inquiète César en entourant de ses bras le cou de Charlie.

— Bien sûr que non, je ne suis pas une balance ! réplique Lucie en haussant les épaules, déclenchant un éclat de rire dans l'assemblée.

— Tu voulais quelque chose ? demande Lou.

Lucie considère les trois enfants et se ravise.

— Oui, ton cadeau d'anniversaire. Mais tu as le temps d'y réfléchir.

— Euh… en effet, c'est en décembre.

— Je sais bien, mais… je voulais m'y prendre à l'avance, pour une fois !

Les sourcils parfaitement épilés et haut placés de Lou se relèvent. Elle observe sa marraine avec circonspection.

— Ça marche, je vais réfléchir.

— Bon, allez… je file. Salut, les gosses !

César et Anna lui adressent un signe, tandis que Lucie emprunte le chemin de la sortie.

— Attends !

C'est Lou, qui a fermé la porte de sa chambre derrière elle.

— Bon, en vrai, qu'est-ce qu'il y a ?

La jeune femme esquive le regard de l'adolescente avant de se laisser planter ses yeux dans les siens, accablée par la tristesse à venir.

— Je suis pas débile, tu sais. Je vous ai entendus avec Papy Jo, tout à l'heure.

— Comment ça ?

— Ben, les parents, tout le merdier, quoi. Je me doute.

— Tu… sais des choses ?

— Je sais que c'est la comédie du bonheur quand il y a du monde. Mais sinon ils s'engueulent tout le temps, maintenant. Ça fait un bail que papa dort dans le bureau et ils sont persuadés qu'ils sont discrets. Laisse-moi rire.

— Oh, Lou…

— Et puis César m'a raconté, pour Paul qui est tombé sur des papiers. Ça a déjà fait le tour ?

— Non ! Enfin, pas tout le monde. Et tes parents…

— … sont pas au courant, j'imagine. Sérieux, ça fait des mois que ça traîne, c'est lourd à force.

— Mais toi ?

— Quoi, moi ?

— Toi et César. Comment vous vivez les choses ?

— On attend que ça se passe, qu'est-ce que tu veux que je te dise. On ne sera pas les premiers ni les derniers enfants dont les parents divorcent. Je pense qu'on s'en remettra s'ils ne sont pas trop débiles.

Lucie ne retient pas un petit rire devant l'attitude de Lou.

— Bon… Je n'ai rien dit, hein.

— Que dalle.

Lou s'écarte un peu avant de revenir étreindre sa marraine.

— Et t'inquiète pas pour le reste.

— Le reste ?

— Je vais trouver des idées pour mon anniv.

— Ah ça… oui, ça ne m'inquiète pas des masses.

— J'ai pas mal de pistes. Peut-être des Doc Martens.

— Alors c'est parfait ! À vendredi, ma poulette.

— À vendredi, Lulu.

Quelques minutes plus tard, en attendant son taxi sur le trottoir, Lucie ne peut s'empêcher d'esquisser un petit sourire. Les moins fous sont toujours les enfants.

36

NEW YORK

Au retour de leur virée à Coney Island, Chiara et Max se sont vu intercepter par la réceptionniste de l'hôtel. Une chambre s'est libérée et l'employée a pensé à eux, si toutefois leur demande était toujours d'actualité. Max a donc déménagé un étage plus bas en fin de soirée. Il retrouve Chiara au petit déjeuner pour leur dernière journée, occupée principalement par le survol de Manhattan en hélicoptère.

— Bien dormi ? tente-t-il.

— Ça peut aller, répond Chiara en recouvrant un pancake de sirop d'érable.

— Et l'hélico ? L'horaire est confirmé ?

Chiara consulte son téléphone portable à la recherche des dernières informations reçues.

— Oh ! C'est pas vrai ! Ça vient d'être avancé à cause de la météo ! Les vols prévus l'après-midi sont carrément annulés.

— J'aurais préféré... Pas super envie de revoir FX.

— Moi je suis contente de le faire, ce vol. Il paraît que c'est très cool. Et arrête un peu avec FX, t'es lourd… Prends un truc en vitesse, on doit y aller, conclut-elle en se levant de table.

Dans le taxi qui les conduit à l'héliport, l'ambiance est encore tendue.

— Bon, on doit parler, amorce Max.

Chiara acquiesce tout en gardant les yeux rivés sur les rues qui défilent.

— C'est important.

— Après le vol.

— Si tu veux, oui. Finissons-en déjà avec ces vidéos.

Une vibration secoue le sac à main de Chiara, qui fronce les sourcils avant même de prendre connaissance de la teneur du message.

— Un problème ?

Elle rit sèchement avant de soupirer.

— FX est un peu insistant.

— À quel sujet ?

— Devine.

Devant l'air décontenancé de Max, Chiara se lance.

— Comme je lui ai dit qu'on divorçait, il tente sa chance. Et c'est loin d'être un poète !

Max se redresse sur la banquette arrière du taxi, les yeux écarquillés, tandis que Chiara jubile intérieurement.

— Quoi ?!

— Je vais t'épargner la lecture, hein. On est d'accord ?

— Tu plaisantes, j'espère ?! Attends, qu'est-ce qu'il te veut ?

— Dîner hier soir. Ou sinon ce soir.

— Je... Mais quelle enflure !

Max fulmine en s'absorbant à son tour dans la contemplation des rues et serre fort les poings. Pour qui il se prend, ce guignol ? Il se sent humilié mais aussi jaloux, furieux à l'idée que le photographe ne le voit déjà plus que comme un détail. Il n'est pas un putain de détail, il restera le père des enfants de Chiara et pour l'heure les papiers ne sont même pas encore signés ! Il se frappe la cuisse avec force en évitant de croiser le regard de sa femme.

Sur le parking, ils avisent aussitôt la cabine de la compagnie avec laquelle ils vont effectuer le vol. Chiara retient Max par la manche.

— Tu seras gentil de ne pas nous gâcher le moment.

— Ne t'inquiète pas ! Je te promets qu'on va en profiter.

À quelques mètres du préfabriqué rouge orné d'un énorme hélicoptère en contreplaqué, FX, tout sourire, patiente.

— Hello, vous deux !

— Bonjour, FX, répond Chiara sans rien laisser paraître.

Max se contente d'un mouvement de tête en direction du professionnel.

— Très en beauté, Chiara, ce matin ! Bon, vous allez en prendre plein les yeux ! C'est grandiose : vue sur la statue de la Liberté, et bien sûr tous les gratte-ciel... Le long de l'Hudson River jusqu'au Washington Bridge et retour par le même chemin. On va se régaler !

— Nous, oui, mais toi tu restes ici, annonce Max.

FX sourit bêtement avant de se tourner vers Chiara qu'il regarde d'un air déconcerté.

— Ils vont vous expliquer les consignes de sécurité, reprend FX.

— Parfait, répond Chiara en épiant son mari.

— Tu as des billets, j'imagine ? demande Max.

— Euh... tout à fait, dans ma poche.

Max tend la main et patiente.

— Je ne comprends pas. Excuse-moi, bro, mais j'ai dû rater un épisode !

— Si tu ne te dépêches pas, bro, c'est surtout mon poing dans ta gueule que tu ne vas pas rater.

— Oh ! Eh ! Relax !

— Je relax rien du tout. Les billets et tu te casses, au pas de course et avec ta petite caméra, compris ?

FX tente un dernier coup d'œil désespéré en direction de Chiara, qui patiente gentiment sur le côté, sans montrer, en apparence, le moindre intérêt pour la discussion qui se tient tout près d'elle.

— Mais... votre séquence ?

— Parce que tu avais chargé ta batterie aujourd'hui ? Quel dommage... Si tu savais comme on se fout de ta séquence.

— Attention, hein ! Je peux tout à fait prévenir votre famille.

— Je pense que tu ne vas rien faire du tout, rétorque Max en faisant un pas vers le photographe. Je me trompe ?

— Non, c'est bon.

— Tu peux dire qu'il y a eu un problème technique, ou encore que le vol a été annulé ? propose Chiara.

— Ouais, laissez tomber... Bande de malades, va, conclut FX en déguerpissant du tarmac.

Ils s'installent dans l'hélicoptère sans échanger le moindre mot, le vacarme de l'appareil rendant toute discussion compliquée. Max, qui a du mal à décolérer, passe totalement à côté du début du vol. Pourtant la découverte de New York par la voie des airs est spectaculaire. La statue de la Liberté, Ellis Island, le mémorial du 11 Septembre, le Chrysler Building et Times Square. Plus loin, Harlem, l'université Columbia et l'impressionnant Yankee Stadium. Chiara vit à fond l'expérience mais quand elle s'aperçoit que Max, qui fronce les sourcils, n'a pas vraiment quitté la piste de décollage, elle tapote sa cuisse et lui adresse un sourire. Le doigt pointé, elle désigne l'îlot vert qu'est Central Park. Max, enfin, se déride. Le rythme élevé des battements de leurs cœurs n'est pas seulement dû aux sensations générées par l'excursion. Depuis plusieurs jours, des émotions bien différentes en eux se succèdent. Et même si Chiara se sent désormais prête à faire face aux explications de Max, elle appréhende la fin. Que se passera-t-il quand tout sera réglé, quand le dossier sera clos ?

37

VINCENNES

— Comment ça ? Pas de message ? interroge Paul.

Manol, à sa demande, effectue une nouvelle recherche dans les mails de l'ordinateur d'Isabelle.

— Je retombe sur les précédents, affirme-t-il.

— Isa, tu as dû l'effacer !

— T'es gonflé ! Je n'ai rien effacé du tout ! Je sais gérer une boîte mail !

— Il va sans doute arriver, risque Lucie.

— Je vais envoyer un message à FX, propose Manol.

— Oui, fais donc ça. En attendant, les hot dogs sont prêts, soupire la maîtresse de maison.

Il fait doux ce soir. Sur la terrasse, Isabelle a dressé la table aux couleurs du drapeau Stars and Stripes. Des ballons bleus et rouges flottent au vent, accrochés au montant d'un parasol. La vidéo tardant à venir, la boisson a déjà coulé à flots.

— Tu as une machine à popcorn ? s'étonne Rose.

— Louée pour la soirée !

— T'as payé ça combien ? s'inquiète Paul.

Celui-ci, de moins en moins à l'aise financièrement depuis sa mise à pied, voit d'un très mauvais œil les extravagances de sa femme. Lucie rejoint Estéban, installé dans le salon de jardin.

— C'est moi ou Paul a déjà sévèrement taquiné la bouteille ?

— Tu crois ?

— Et merde ! lance Paul qui vient de se brûler avec la susdite machine.

— Peut-être bien oui...

— Isa a mis le paquet ! T'as vu toute cette déco ?

— Grave, on se croirait le 4 juillet à New York.

— Mélanie est forfait ?

— Elle sortait. À vrai dire, je n'ai pas demandé de détails.

Lucie prend un air entendu. Son regard se porte sur Diane, posée sur une chaise longue. Celle-ci descend son verre de vin avant de sourire à Isabelle qui, aussitôt, refait les niveaux.

— Tu penses qu'elle voit quelqu'un ?

En guise de réponse, Estéban se contente de hausser légèrement les épaules.

— Pourquoi tu te laisses traiter comme ça ?

— L'habitude peut-être. Dix ans qu'on est ensemble, neuf ans que c'est compliqué. Je ne sais même plus ce qui est normal de ce qui ne l'est pas. Pourtant, au début, on s'entendait si bien...

— Estéban...

— Je suis assez invivable, tu sais ? Je bosse tout le temps. Ce n'est pas vraiment ce que Mélanie avait en tête quand on s'est mariés.

— Je ne vous comprends pas.

— C'est bon, ces trucs, la coupe-t-il en attrapant une gougère fourrée au cheddar.

Lucie l'observe du coin de l'œil. Elle ne saurait dire s'il est mélancolique ou embarrassé. Il est temps de changer de sujet.

— C'est vrai que ça t'arrangerait de récupérer les parts de société de Max ?

Estéban s'approche des bambous qui délimitent le terrain et arrache quelques feuilles à une tige. Il paraît chercher ses mots.

— Bah, tu sais... Max se désintéresse de la boîte. Il dit fréquemment qu'il en a fait le tour, qu'il veut s'essayer à d'autres domaines. Il change d'idée d'une semaine sur l'autre, mais dans le fond je ne suis pas sûr qu'il ose vraiment franchir le cap.

— L'autre soir il se rêvait coach de vie, répond Lucie en se mordant les lèvres pour ne pas rire. Et donc ?

— Donc... on stagne, je ne peux pas développer comme je voudrais. Dans notre secteur, il faut s'adapter, investir. S'il me vendait ses parts, c'est sûr que je lancerais de nouveaux projets.

— Paul disait vrai alors, ça arrangerait tes affaires !

Estéban se rembrunit.

— Je n'ai pas dit ça… Mais, oui, s'ils divorcent, Max prendra peut-être des décisions radicales. Il faudra bien qu'ils revoient leurs logements, et ça, ça engendre des frais. Mais attention, je ne brûle pas des cierges pour que ça se produise.

— Je sais bien que tu n'es pas comme ça.

Elle lui donne un petit coup de coude et tous deux se rapprochent du groupe. Elle pioche des nachos dans une coupelle toute proche.

— Le guacamole. Pas vraiment américain…

— Mais les Américains en raffolent, rétorque Isabelle, qui a saisi la moquerie au vol.

— C'est tout à fait vrai, Isa. Dis donc, tu t'es encore surpassée ce soir ! tente de se rattraper Lucie.

— Merci…

— Mais si ce fichu fichier vidéo n'arrive pas, à quoi bon ! intervient Rose.

— En tout cas, il y en a qui se font plaisir, s'amuse Henry en désignant César, Lou et Anna qui s'empiffrent en bout de table.

Diane, qui se tient désormais à côté d'eux, enchaîne les hot dogs et capte les regards tournés vers elle.

— Gare, Diane, c'est direct sur les cuisses tout ça ! lance Rose. À ton âge, ça ne pardonne pas. Cinq minutes pour prendre un kilo, un mois pour le perdre !

— Je ne te savais pas nutritionniste, claque Diane avant d'enfourner une nouvelle bouchée.

Rose encaisse un regard accusateur de son mari. Elle est consciente d'être dure avec sa fille, mais elle ne sait plus comment communiquer, c'est tout ce qui sort. Elle voudrait que Diane se reprenne. Qu'elle se focalise sur de vrais objectifs plutôt que de passer la plupart de son temps au travail et le reste dans des relations qui, elle le sait, ne la rendront pas heureuse. Oui, elle aimerait lui ouvrir les yeux mais le seul canal de communication qu'elle trouve est l'agressivité. Manol se lève pour attirer l'attention de tous, la tirant de ses réflexions.

— J'ai une réponse !

Il fronce soudain les sourcils en prenant connaissance du message.

— Donc ? s'impatiente Paul.

— C'est bizarre, dit-il avec mollesse. FX écrit qu'il y a eu un souci. Il n'y aura pas de troisième vidéo à cause de « problèmes indépendants de sa volonté ».

— Rien de grave, j'espère, glisse Rose.

— Oh ben zut, alors... Il ajoute qu'il ne veut plus que je lui envoie de clients.

— Qu'est-ce que c'est que cette histoire, dit Henry.

— Bah, il est un peu spécial, ça n'a pas dû le faire avec Chiara et Max, poursuit Manol. J'espère qu'il ne fera pas la gueule, c'est bien pratique de crécher chez lui.

— Mais merde ! Si tu pouvais deux minutes arrêter de tout ramener à toi, s'emporte subitement Paul, jetant un froid.

— Enfin, Paul ! Qu'est-ce qui te prend ? s'épouvante Isabelle.

— Oh toi…

Paul vide un verre de whisky et s'essuie la bouche du revers de la main.

— Ça ne va pas de parler comme ça ?

— Je ne fais que dire la vérité ! Ces petites vidéos nous ont coûté une blinde, tout ça pour que monsieur s'assure un logis lors de ses prochains séjours new-yorkais.

— C'est d'un vulgaire, Paul ! tranche Isabelle qui voit sa réception dépérir à vue d'œil.

— C'est vrai qu'on aurait peut-être pu trouver plus professionnel, ose Henry.

— Henry ! siffle Rose.

— Je ne vais pas laisser Paul tout seul dans cette posture, on l'a tous pensé… Ne faites pas les innocents !

Henry jette un coup d'œil vers Joseph qu'il ne veut pas blesser, mais celui-ci reste impassible dans son fauteuil.

— C'était très sympa d'avoir des souvenirs quasiment en direct, objecte Rose. Je ne suis pas d'accord !

— Est-ce que Manol a payé sa part du voyage, déjà ? lance Paul, tout rouge, en se servant un autre verre. Parce qu'on a avancé toute la somme, hein !

— La part de Manol est réglée, assure Isabelle.

— Évidemment ! J'imagine que c'est Joseph ? Je me trompe ?

— Mais enfin ! Du moment que c'est payé, ça ne te regarde pas ! s'indigne Diane que personne ne calculait plus.

— Il me semble que personne ne t'a demandé ton avis ! lance Rose.

— Maman, je t'emmerde.

Diane, même si l'alcool embrume son esprit, prend conscience de ce qu'elle vient de balancer à sa mère. Elle éprouve un sentiment de honte aussitôt balayé par un vent de fierté. Waouh ! Qu'est-ce que ça soulage, en fin de compte ! Rose reste bouche bée, son regard passant de sa fille à Paul.

— Alors ? Joseph ? insiste celui-ci, visiblement incapable de lâcher le morceau.

Joseph choisit de ne pas répondre et fixe un point loin devant lui. Lucie se rapproche un peu plus d'Estéban.

— Oh my God, c'est la cata ! Je t'avais dit qu'il avait trop picolé.

Diane, un nouveau hot dog à la main et un verre dans l'autre, va s'installer dans un transat. S'affirmer fait du bien ! Elle a fiché ses lunettes de soleil sur le sommet de son crâne, et se délecte du spectacle. Un peu plus loin, Isabelle hyperventile.

— Paul ! Je ne te reconnais pas !

— Si déjà tu me connaissais… Bon, on va rentabiliser ce machin.

Il claque le couvercle de la machine à pop-corn pour lancer une nouvelle fournée. Rose, qui a choisi le parti d'oublier l'envolée de Paul, se poste à côté de lui.

— Je pense que tu as trop pris le soleil. Une insolation ?

Diane explose de rire dans leur dos.

— Tu t'entends, maman ? Une insolation ? Il en a juste plein le cul, ça arrive à tout le monde, glisse-t-elle, la bouche pleine.

— Mais, Diane ?

— Quoi, Diane ?

Paul pointe la sœur de Max de l'index.

— Elle a raison, j'en ai plein le cul de payer. Payer payer payer… Et donc, Manol ? Est-ce que tu as payé ta part ?

— Mon père a payé ma part ! Voilà, t'es content ? Super, hein, qu'est-ce que ça peut te foutre…

— Je le savais !

— Mais lâche un peu Manol ! lance Lucie, désespérée devant cette escalade qu'elle imagine fatale.

— Oh toi, on t'a pas sonnée.

Isabelle s'approche de son mari, dans une tentative d'apaisement.

— Qu'est-ce qu'il y a, Paul ?

— Il y a que ça fait un mois que je vais au travail alors que j'en ai plus. Voilà ce qu'il y a ! Donc quand l'autre nous fait casquer pour cette option vidéo juste parce que ça sert ses intérêts et que pour finir il ne paie même pas sa part, ça me fait péter un câble.

— Paul ! C'est vrai ? Ton travail ?

— Parfaitement ! Et pendant ce temps-là, madame l'ambassadrice loue des machines à pop-corn ! Merde à la fin !

— Paul, s'il te plaît… pense aux enfants, tente Rose.

Lesdits enfants n'ont rien perdu de leur appétit. César, qui a fait pression auprès de sa grand-mère pour venir avec le chien, le gave de restes de saucisses.

— Ils n'ont pas l'air traumatisés, les enfants !

Anna hausse les épaules tandis que César et Lou s'empiffrent de frites.

— Allons, allons, tente Henry. Il est temps que tout le monde se calme. Ça fait beaucoup sur une semaine, ces séances vidéo. Et puis, Paul, j'imagine que d'un point de vue professionnel tout n'est pas perdu…

— Oui, Paul ? Tout n'est pas perdu ? supplie Isabelle.

Paul part dans un fou rire. Tout son corps bouge, secoué par une onde nerveuse.

— Si ! Totalement perdu.

— Qu'est-ce qu'il s'est passé ? Un plan social ?

— Même pas. Une connasse qui a crié au scandale pour trois remarques soi-disant salaces… On ne peut plus rien dire de nos jours…

— Tu as été mis à pied ?

— Rassure-toi, ma chérie, je compte bien rebondir ! Et puis, c'est pas comme si j'avais le choix, faut bien payer toutes tes lubies !

Isabelle est écarlate. Elle rêve d'étrangler son mari, mais la bienséance et la présence d'un public, surtout, la retiennent.

— Ça ne te donne pas le droit de tout gâcher ! On parlera de ça plus tard, tranche-t-elle.

Rose se place au centre de l'assemblée dans un souci fédérateur.

— Écoutez… Nous nous sommes réunis pour fêter Max et Chiara. Gardons cette idée en tête, d'accord ?

Quelques hochements de tête appuient son propos. Lucie coule un regard à Estéban qui menace de partir dans un fou rire nerveux. Elle capte dans la foulée les yeux de Lou, qui adresse à son intention une moue entendue.

— Eh bien ? reprend Rose. Un peu d'entrain !

— Je n'ai tout de même pas fait tout ça pour rien ! s'exclame Isabelle.

— Alors à Chiara et à Max, décide Henry en levant son verre.

— À Chiara et à Max !

Tous lèvent leurs verres, échangeant des regards hésitants pour certains.

— Vous savez le plus drôle ? reprend Paul en titubant.

— Bordel de merde… gémit Estéban.

— Il ne va pas le faire. Dis-moi qu'il ne va pas le faire, supplie Lucie.

Rose se tourne vers Paul, tout sourire, heureuse à l'idée que la soirée reprenne un tour plus léger. Le quadragénaire triste et aviné sourit alentour avant de dégoupiller sa grenade.

— Ils vont divorcer. Hilarant, non ?

38

NEW YORK

— C'est la fin, annonce Chiara.

— Eh oui, dans douze heures, retour à Paris.

— Aussi, oui.

— Ah... Tu parlais de « cette » fin.

Chiara hoche la tête devant son assiette de lasagnes. Demain matin ils quitteront leurs chambres, respectives depuis la veille, pour retrouver un quotidien qui n'en sera plus un. Cette fois il faudra mettre les mains dans le cambouis : la question des logements, l'alternance des semaines pour ce qui est des enfants, faire un énorme tri dans les affaires des uns et des autres, opérer les changements bancaires... La liste des réjouissances est plus que longue.

— On parle à tout le monde le plus tôt possible. Les enfants, mon père, tes parents... tout le monde. J'ai voulu trop attendre. Il est temps que j'arrête d'appréhender la façon dont les autres prennent les choses.

Max marque un temps d'arrêt, arc-boutant haut ses sourcils.

— OK. Je suis fatigué d'avance…

— Faudrait savoir !

— Avant, j'hallucinais devant les couples qui restent ensemble pour des questions pratiques, aujourd'hui ça me vendrait presque du rêve…

Max glisse cette allusion sur le ton de la plaisanterie mais la crispation de son visage indique qu'il cogite plus qu'il ne voudrait l'avouer.

— N'y pense même pas, tranche Chiara.

— J'avoue, ça devient concret et je panique un peu. Mais ça va le faire.

— En ce qui me concerne, je vais penser en priorité à ma petite personne.

Elle prend une grosse bouchée de lasagnes et plante ses yeux dans ceux de Max, pour lui signifier qu'elle est dans l'attente qu'il engage la conversation.

— Bon, concernant ce que tu as dit hier sur la navette… Je ne suis pas sûr d'avoir compris.

Chiara s'essuie les lèvres avec la serviette en tissu et la pose délicatement sur le rebord de la table.

— Crois-moi, tu as bien compris.

Max se frotte le sourcil, puis fait tourner le vin dans son verre d'un geste expert.

— Surtout, ne va pas t'imaginer n'importe quoi.

— Je crois que la notion d'investissement immobilier est assez claire. Tu veux qu'on cherche ensemble la définition, peut-être ? propose-t-elle en sortant son téléphone de sa poche.

— Arrête.

— J'ai tout lu ! Tu as placé de l'argent, il y a presque un an, dans un appartement ! Comment veux-tu que je le prenne ! On n'avait même pas encore consulté d'avocat, à peine évoqué le fait que ça sentait le roussi !

— Mais non…

— Je sais ce que j'ai lu ! L'appartement est prêt à être livré. C'était le mail de livraison !

Max se redresse sur sa chaise et pose ses couverts un peu trop fort sur le rebord de l'assiette.

— OK, j'ai acheté un appartement sur plan, mais ça n'était pas contre toi !

— Max, pendant des mois je me suis persuadée qu'on avait encore une chance. Toi, visiblement, tu avais déjà bien en tête que c'était foutu ! Pas loin de chez nous ? Quatre-vingts mètres carrés ?

— Ça ne veut rien dire… C'est un investissement !

— Pourquoi l'avoir caché, dans ce cas ? J'aurais tout à fait compris que tu fasses des placements perso ! Mais, dans mon dos ? Ça veut dire quoi ?

— Je sais que les apparences sont contre moi…

Max se redresse et se tortille sur sa chaise. Il remplit leurs deux verres de vin.

— Tu pensais au divorce depuis longtemps ! C'est dégueulasse, en fait, s'insurge Chiara.

— Tu refais l'histoire, là… Je t'assure.

— Au contraire, il n'y a rien de plus vrai ! Je n'arrivais pas à trancher, à me décider quand de ton côté tu te voyais déjà dans un bel appart avec... Roxane, c'est ça ?

— Mais arrête, je l'ai rencontrée bien après et en plus ça n'est pas sérieux avec elle.

Depuis qu'elle est tombée sur le mail, Chiara attend cette discussion. Elle s'est retenue de parler dans l'unique but de laisser Max présenter les choses, avouer la réalité : bien avant qu'ils n'aient officiellement décidé de se séparer, il avait des envies d'ailleurs.

— Et j'étais censée l'apprendre quand pour l'appart ? Devant le notaire ? Classe.

— C'est un placement personnel, ça ne rentre pas dans les biens communs.

— Mais tu ne comprends pas que je me fous de la valeur de cet appart ? C'est la démarche qui me troue le bide !

Max tripote le contenu de l'assiette avec sa fourchette, l'appétit complètement coupé.

— Tu ne m'as jamais pardonné de t'avoir trompée, en fait. À partir de ce moment-là on a été sur la pente descendante.

— Sans doute, oui. Je n'y peux rien.

— Cet appart, c'était une façon de préparer l'après... Tu n'avais plus envie, je le sentais bien. Tu n'y croyais plus.

Chiara repousse à son tour son assiette et torture sa tranche de pain du bout des doigts.

— J'ai tellement regretté ce que j'ai fait durant ta grossesse, Chiara. Je voulais me racheter. Je t'ai même proposé de faire un autre enfant !

— J'avais tout sauf envie d'un autre enfant à cette période, ce qui peut se comprendre…

— J'aurais fait n'importe quoi.

Chiara évite son regard et expire par le nez.

— Tu t'es peu excusé, en réalité.

— C'est faux !

— Si ! J'ai pris sur moi, je me suis tue, je me suis éteinte, tout ça parce que tu ne voulais pas que cet épisode sorte au grand jour, que ça vienne ternir notre image, ou plutôt ton image. Mais toi, tu ne t'es pas vraiment excusé. Tu as ramé, certes. Tu avais envie que l'on continue d'être une famille, mais tu ne t'es pas excusé. Pas sincèrement.

— Tu étais si triste, si renfermée. Je voulais que tout redevienne comme avant. Tu bloquais là-dessus, toutes les années qui ont suivi, tu es restée obnubilée par cette histoire de tromperie. Tu ne m'as pas pardonné. Un faux pas, Chiara… c'était un foutu faux pas.

Chiara a bien du mal à ne pas pleurer, elle boit un peu d'eau pour se donner du courage.

— Je sais. Je le réalise d'autant plus à postériori. Tu veux que je te dise, avec le recul, ça ne m'apparaît plus aussi grave. L'effet du temps et de la maturité, j'imagine. Mais il n'empêche que cet épisode a esquinté le respect et abîmé les sentiments. C'est comme ça. J'ai essayé. Je n'ai fait que ça. Pour finir, j'ai compris que le pardon ne se commandait pas. Et ça n'explique pas ces investissements. C'est trop facile.

— Depuis quand tu sais ?

— On s'en fout, non ?

— Dis-moi.

— J'ai fouillé ton téléphone l'autre soir à la recherche des messages de l'autre pouffe. Correspondance tiédasse au passage pour le peu que j'en ai lu. Je ne m'attendais pas à tomber sur du plus lourd.

Chiara pioche une olive dans son assiette à moitié pleine.

— Je me sens bernée. Pourquoi au moment de cet investissement tu ne m'as pas clairement dit que c'était fini ?

— Je n'avais pas l'impression que c'était incompatible. Acheter ce bien, c'était une solution de repli pour si ça partait en vrille.

— L'autre soir, quand je suis tombée sur le mail, la date de livraison du bien, je me suis dit que je ne te connaissais pas. Il n'y avait déjà plus beaucoup d'amour, quand tu as pris la décision d'acheter.

Un silence s'installe peu à peu. Max ne tient pas en place sur sa chaise.

— Pour ce qui est de Roxane…

— Épargne-moi ta vie amoureuse, merci bien.

— Justement, je suis désolé si tu t'es sentie humiliée, mais comme techniquement on était séparés…

— Et il repart avec ça…

— Ce qui est certain, c'est que je t'ai aimée comme un fou, lance Max en mettant soudain la main sur celle de Chiara.

Elle pose les yeux sur leurs mains, sans oser bouger la sienne. C'est un geste si banal et à la fois tellement incongru en cet instant. Elle sent sa colère fléchir légèrement. Ils s'aimeront, ils s'aiment, ils se sont aimés. Maintenant que sonne l'heure du bilan, elle ressent le besoin de repenser au beau, à tous les merveilleux moments vécus. Les sanglots ne sont pas loin derrière ce triste état de fait.

— Oui… J'aurais dû partir quand j'ai compris que je ne t'aimais plus, reprend-elle.

— J'ai beaucoup souffert de ton désintérêt, tu sais. Cette connerie quand tu étais enceinte, ça ne voulait pas dire que je ne t'aimais plus. Ça a été une erreur totalement débile.

— Ça n'a plus fonctionné ensuite, quelque chose s'était brisé. J'aurais aimé que ce ne soit pas le cas, crois-moi, que rien n'ait changé, murmure Chiara.

— Et moi, je crois que je t'en ai voulu de ne pas réussir à passer à autre chose.

— C'est la vie. La fin des sentiments est le meilleur motif de rupture. Regarde : on parle déjà au passé.

Chiara retire sa main. Elle termine son verre et plonge à nouveau ses yeux dans ceux de Max.

— Je ne veux pas qu'on garde ça de nous, tu m'entends ?

— Je pensais que tu te foutais de ce que pensaient les autres désormais.

— Je parle de nous. Je ne veux pas qu'on tire uniquement un constat d'échec de ce mariage. On a été heureux, j'ai été vraiment amoureuse.

— Moi aussi, tellement, si tu savais. J'ai adoré nos orages, nos averses et même les accalmies.

— Et puis la foudre...

— Oui, c'est nettement moins marrant.

Chiara joint ses mains sur la table pour cacher qu'elle tremble. Dehors, il pleut sans discontinuer, et les carreaux des fenêtres tremblent sous l'effet des bourrasques. Le serveur vient débarrasser leur table et dépose la carte des desserts sous leur nez. Ils déclinent simultanément et restent silencieux. En fond sonore, Dire Straits entonne « Romeo and Juliet » tandis que leurs regards se croisent. Ils restent un temps à se considérer avec tristesse.

— Tu penses qu'on est très différents du jour de notre rencontre ?

— Oui... Ce n'est pas forcément un mal.

— Et tu crois qu'on peut réussir à divorcer sans que ça tourne au carnage ?

— J'aimerais bien. Vraiment.

— Mais rien n'est sûr, c'est ça ?

— Les histoires d'amour finissent mal, en général, lâche Max dans un triste sourire.

Chiara opine du chef.

— On va essayer, en tout cas.

Ils se lèvent pour régler au comptoir, conscients qu'il n'y aura plus de moments comme celui qu'ils viennent de passer, quand ils seront définitivement étrangers l'un pour l'autre, déterminés par des statuts différents.

— On va se faire rincer, annonce Max en désignant un groupe bruyant qui pénètre dans le restaurant, tous sont trempés jusqu'aux os.

— J'aimerais que les amis n'aient pas à choisir un camp.

— Déjà, je suis sûr que Lucie ne sera pas mécontente de la situation. Elle va vouloir te récupérer, pour faire des sorties entre filles, tout ça…

— C'est bien possible. Paul, en revanche, risque de bien flipper.

— Paul ?

— Ça fait des années qu'il me fait des avances assez lourdingues.

Max se fige sur place, les yeux ouverts grands comme des soucoupes. Il scrute le visage de Chiara pour s'assurer qu'elle plaisante.

— Des SMS, des petites remarques salaces dès qu'on est tous les deux… Il va être dans ses petits souliers à l'idée que je balance tout et qu'Isabelle l'apprenne.

— Et toi, petite garce, c'est exactement ce que tu fais ! Pourquoi tu ne m'as jamais rien dit ?

— Je les aime bien, j'étais hyper embêtée. Je ne voulais pas qu'il y ait de drame.

Ils franchissent le seuil du restaurant. La pluie tombe toujours sans relâche et le tonnerre gronde au loin.

— Taxi ? propose Max.

— On n'est pas en sucre… Et avec un peu de chance, on verra des éclairs.

39

VINCENNES

Rose fixe intensément Paul avec, au fond des yeux, une pitié qu'on réserve à ceux qui ont définitivement perdu la raison.

— Ça vous en bouche un coin, hein ! reprend-il, totalement hilare.

— Mais qu'est-ce que tu racontes ? demande Henry.

— Viens donc t'asseoir un peu. Tu m'inquiètes vraiment, décide Isabelle en tirant son mari par le bras.

— Oh, mais je vais bien ! clame Paul en tanguant et en se dégageant de l'emprise de sa femme. J'ai plus de boulot à cause d'une connasse d'hystérique féministe, mais je vais très bien !

— Intoxication alimentaire ? suggère Rose.

— Je vous demande pardon ? Tout est frais ! s'étrangle Isabelle.

— Ça ne veut rien dire, des fois il suffit d'une huître...

— Il n'a mangé que du pop-corn.

— Peut-être, mais il n'a pas bu que de l'eau… glisse Manol.

— Oh toi ! Ça va ! s'emporte Isabelle.

Paul, au centre de l'attention, continue de rire et s'appuie contre la table de jardin, manquant de la déséquilibrer. Cette fois, il boit carrément le whisky au goulot.

— Vous êtes touchants, comme ça. Inquiets et flippés ! C'est dur d'y croire, hein ! Pourtant c'est vrai. Barbie et Ken, le couple parfait par excellence, s'apprêtent à divorcer ! Ça doit être pour ça qu'on n'a pas eu droit à une dernière vidéo foutage de gueule…

Rose, empourprée, se tourne vers Isabelle.

— C'est vrai ?

— Bien sûr que non ! Je ne sais pas ce qu'il lui prend !

— Si ! C'est tout à fait vrai, ma chérie ! Tout fout le camp, je te dis !

Lucie, qui espérait jusque-là qu'Estéban prenne les choses en main, se lève et tente d'emmener Paul à l'intérieur de la maison.

— Tu vas aller te coucher un petit quart d'heure.

— Je n'ai pas sommeil ! Et je n'ai pas encore mangé le moindre de ces appétissants hot dogs ! déclare-t-il en en enfournant un tout entier dans sa bouche et en repoussant l'aide de Lucie. Sont fâââmeux ! Miam…

Comprenant qu'elle n'obtiendra aucune information d'Isabelle, qui affiche une mine de dégoût, Rose se tourne vers Lucie.

— Dis-moi que ce qu'il raconte est faux.

— Je ne savais pas qu'il avait été renvoyé, répond Lucie.

— Pour Chiara et Max ! s'énerve la grand-mère.

— Disons que... ça se pourrait, mais nous ne sommes officiellement sûrs de rien.

— Ça n'a absolument aucun sens ! rit sèchement Henry en se tapant la cuisse d'une main. Ils ne seraient jamais partis en voyage si c'était le cas, enfin...

— Estéban ? s'enquiert Rose.

Celui-ci hausse les épaules et désigne Lucie.

— Je n'en sais pas plus...

— Paul ! Explique-toi !

La bouche pleine, les commissures dégoulinantes de moutarde, Paul est à nouveau secoué par un fou rire nerveux.

— Aussi vrai que je suis viré ! C'est drôle ça, non ? Dis donc, Isa, tu devrais nous faire ça plus souvent, je me ré-ga-le.

— Ça va lui permettre d'éponger un peu, glisse Diane à Manol, sans penser qu'on va l'entendre.

— Ça te fait rire ? grogne Rose.

— Je ne sais pas si ça me fait rire, mais je n'ai pas l'habitude de te voir dans cet état, alors j'en profite ! raille Diane en terminant son verre de vin.

— Attendez ! Attendez ! Je vais tout vous expliquer : je cherchais un document pour le collège dans les affaires de Max et bim ! Une pochette d'avocate ! Projet de divorce à l'amiable ! Pas vrai, César ?

Toutes les têtes se tournent vers le garçon. Celui-ci reste impassible, navré par le spectacle donné par les adultes.

— César ? répète Isabelle.

— Ça suffit ! tonne Joseph qui était resté silencieux jusque-là. Vous devriez avoir honte !

Mais Paul ne semble pas même entendre le grand-père qui fulmine.

— Comme je vous le dis ! Il est arrivé pile au moment où je suis tombé sur le dossier. (Puis à voix basse, la main devant la bouche :) C'est vrai… Ce n'est pas bien, je n'aurais pas dû regarder. Je suis un vilain garçon.

— Et tu ne m'as rien dit ! Comment ils sont au courant, eux ? s'exclame Isabelle, toute rouge, en désignant de l'index Lucie et Estéban.

Rose, soudain, sent ses jambes se dérober. Manol la soutient et la fait asseoir.

— Ma Rosie ! Tu vas me la tuer avec tes conneries ! s'emporte Henry en se précipitant au côté de sa femme.

— À leur place, j'aurais fait pareil, s'amuse Manol en s'allumant une cigarette.

— C'est-à-dire ? demande Isabelle.

— Partir quand même à New York ! Et profiter du voyage !

— Avec le fric que je n'ai plus ! braille Paul.

— Bon sang... Tout ça pour ça, pleurniche Isabelle en pensant aux différentes soirées et à la cagnotte.

— Ça va, Rosie ? s'inquiète Henry.

— Si c'est vrai, on ne pourra pas emménager dans la dépendance ? Ils vont sûrement vendre la maison...

Car Rose tout à coup prend conscience de tout ce que pourrait impliquer cette séparation. Diane éclate de rire.

— Mon Dieu, maman, c'est carrément déplacé !

— S'il vous plaît, tente Estéban. Un peu de calme.

— Oh toi ! Ça va même arranger tes affaires ! Max va avoir besoin d'oseille et il va te revendre ses parts, glousse Paul.

— Pensez aux enfants ! S'il vous plaît ! supplie Lucie.

— Faut toujours que tu la ramènes, toi ! Sainte Lucie, merci d'être parmi nous !

— Franchement, c'est vrai, tenez-vous au moins pour les gosses, reprend Manol.

— Justement ! Je vais leur épargner cette débâcle, déclare Joseph en se levant de son fauteuil. Vous venez ? Je vous emmène au cinéma.

Dans sa voix, l'invitation sonne comme un ordre et, à la surprise générale, Lou, César et Anna se lèvent d'un même élan. Tout le monde se tait momentanément, sonné par les mots sans appel du grand-père.

— Joseeeeph, tente Paul d'une voix avinée. Faut pas le prendre comme ça ! Vous n'allez pas embarquer ma fille, quand même !

Le petit homme grisonnant se plante devant le maître de maison et le fusille du regard.

— Je crois qu'ils seront beaucoup mieux loin d'ici. Une objection ?

Tous baissent les yeux et Isabelle approuve d'un petit signe de tête.

— Je viens avec vous, décide Manol.

— Non, Manol. Je ne préfère pas, si tu veux bien, tranche son père.

— C'est ce qui s'appelle se faire moucher, pouffe Paul.

Joseph se tient près de la baie vitrée, entouré des trois enfants. Le silence s'impose de lui-même.

— Peu importe ce qui est vrai ou faux, vous êtes navrants ! Si Max et Chiara se séparent un jour, ça ne regarde qu'eux et leurs enfants.

40

ROISSY CHARLES-DE-GAULLE

Max et Chiara cheminent dans le couloir qui mène aux contrôles d'identité. Tandis que Max remet sa montre à l'heure, Chiara désactive le mode avion de son téléphone.

— Ils sont capables de nous attendre avec des pancartes, blague Max.

— Je ne pense pas, ta mère m'a envoyé un SMS : ils ne viendront pas nous chercher. Ils viennent de partir et les enfants sont devant un film.

Max relève la tête, interloqué.

— Bizarre, non ?

— Ça fait une semaine qu'ils sont loin de chez eux. À leur place, je n'aurais pas envie de m'éterniser non plus.

Dans le taxi qui les conduit jusqu'au domicile familial, Max et Chiara sont chacun plongés dans leurs pensées, angoissés à l'idée d'affronter la suite, reconnaissants à l'autre de tenter de vivre la séparation au mieux même si c'est loin d'être gagné d'avance. Pleins d'appréhension aussi, quant à la façon dont leurs enfants vont accueillir la nouvelle. Lorsque le véhicule s'arrête devant la maison et que le chauffeur aide Max à extirper les valises jumelles du coffre, Chiara prend d'amples respirations. Ils regardent tous deux la voiture s'éloigner en silence avant de se décider.

— Prêt ?

Max secoue la tête de haut en bas. Il se trouve dans un état d'esprit différent d'avant leur départ pour New York. Pas nécessairement plus triste ou apeuré, plus mélancolique sans doute.

— Et toi ?

— Il faut bien…

Chiara presse la sonnette et aussitôt César se hâte de leur ouvrir, suivi de près par le chien qui leur fait la fête. Se retrouver dans l'entrée de la maison qu'ils partagent, qu'ils ont rénovée ensemble, avec son cortège d'odeurs et d'objets rassurants, la plonge dans une zone de flottement, un espace dans lequel le temps n'a pas de prise. Elle est simplement là, chez eux, avec leurs enfants. Il va lui falloir s'armer de courage pour briser cette relative harmonie.

— Salut, les darons !

— Mon César ! J'ai l'impression que tu as encore grandi !

— Vous êtes partis moins d'une semaine, répond le garçon d'un ton blasé.

Lou arrive à son tour et les étreint l'un après l'autre.

— Bonjour, ma biche, murmure Chiara en enfouissant son nez dans les cheveux de sa fille.

— Bien passé, le voyage ?

— J'ai plus de dos, mais sinon ça va, ils auraient quand même pu nous payer un billet en première ! plaisante Max.

Lou et César poussent doucement leurs parents vers le salon.

— Attendez ! Je rêve d'une douche ! proteste Chiara.

— Qu'est-ce que vous faites ? s'enquiert Max.

Mais les enfants les guident jusqu'au canapé et se placent de l'autre côté de la table basse, chacun dans un grand fauteuil club.

— Les parents… commence Lou.

— … il faut qu'on parle, termine César.

40

AVEYRON, UN AN PLUS TARD

— Maman ? Tu penses vraiment que c'est une bonne idée ? demande Lou.

— C'est trop tard maintenant, advienne que pourra ! intervient Lucie, le ventre légèrement arrondi. Ils sont en chemin et ils ne devraient plus tarder.

— Ne t'inquiète pas, ma bichette… ça va le faire.

Chiara sourit à sa fille et reprend ses mots fléchés, allongée dans un transat. Plus loin, sur un grand canapé, Joseph joue aux échecs avec César, et un peu plus loin encore, l'amoureux de Lucie a pris en charge la préparation des braises du barbecue. Ils coulent tous une délicieuse quinzaine estivale.

— Lucie ?

— Mouiii, répond la grande blonde à moitié endormie.

— « Exagérément compliqué », en neuf lettres.

— Alambiqué ?

— Mmmm. Ça pourrait être ça.

— Chéri ?

Le petit ami de Lucie relève la tête de ses braises.

— Oui, ma puce ? répond Estéban.

— Je meurs de soif.

— Virgin mojito ?

— Virgin n'importe quoi, je prends.

— La même chose, s'il te plaît, mais pas virgin, dit Chiara.

Puis elle délaisse ses mots croisés pour attraper son téléphone qui vient de vibrer près d'elle. C'est Anita qui lui envoie des nouvelles de ses vacances. Elle continue de faire défiler ses photos et retombe sur des clichés de Manol, parti pour deux mois en Asie. Elle oriente le téléphone vers son amie pour lui faire voir les paysages.

— Comment va ton frère ? demande Lucie en remerciant d'un baiser Estéban qui lui tend son verre.

— Il paraît que Manol compte nous présenter quelqu'un très bientôt !

— Tu déconnes ? Il va neiger ! s'esclaffe la future maman.

— Je crois qu'elle est infirmière et anglaise. Il l'a rencontrée durant son séjour au Kenya.

— Très cosmopolite, cette histoire, commente Estéban.

— Et pour qu'il nous en parle c'est que c'est sérieux, pas vrai, Papa ! appuie Chiara.

Joseph relève la tête de l'échiquier, tout sourire. Sa fille a insisté pour qu'il prenne part aux vacances et il savoure le temps passé avec ses petits-enfants.

— S'ils se marient, pense au séjour à New York, surtout… suggère Lucie.

— Avec option vidéo, bien sûr ! s'esclaffe Estéban, qui s'installe dans une chaise longue.

— Oh oui ! Compte sur moi !

— Et toi, Chiara ? Ça donne quoi, les amours ? s'enquiert Estéban.

— Chut… lance Chiara avec un clin d'œil.

— Ça alors ! Raconte !

— Un de ces soirs, mais si tu es sage. Pour vivre heureux, vivons cachés !

Au même moment, César déboule en trombe de l'allée qui contourne la maison de vacances.

— Papa arrive !

Lucie interroge son amie du regard, celle-ci ajuste sa robe longue en lin et remonte ses larges lunettes de soleil sur son nez.

— Prête ?

— Prête… Ce n'est que pour deux jours, après tout.

César apparaît, tenant la main de son père, Lou sur ses talons.

Chiara prend une profonde inspiration. La famille, c'est celle que l'on choisit de construire.

— Barbara, Max, soyez les bienvenus.

FIN

REMERCIEMENTS

Je tiens à remercier chaleureusement Isabelle Saporta qui m'a accompagnée avec enthousiasme et confiance tout au long de ce roman.

Un immense merci à Iris Neron-Bancel, mon éditrice, pour son professionnalisme, ses conseils toujours justes et avisés, sa gentillesse et sa prévenance. L'écriture de ce roman a été si joyeuse à tes côtés !

Un grand merci à Calixta Grigoriou pour les relectures attentives de ce texte.

Bien sûr, je remercie l'ensemble des équipes de cette belle maison qu'est Fayard, que ce soit au service presse, aux relations libraires, aux droits audiovisuels, au marketing ou encore à la communication. Du fond du cœur, un sincère merci à toutes et tous.

Merci à vous, lecteurs, de faire une place à Chiara, Max et les autres dans votre quotidien. Puissiez-vous passer quelques agréables heures de lecture en compagnie des gentils démons qui malmènent mon imagination ! À chaque retour, chaque message, chaque échange, je mesure la chance que j'ai de vivre cette aventure. Merci pour votre confiance renouvelée de roman en roman (c'est déjà le huitième !), et bienvenue à ceux qui découvriront mon univers en y pénétrant par cette fenêtre.

Je voudrais également remercier les libraires, les responsables de salons et les bibliothécaires. Je vous suis très reconnaissante de soutenir, de conseiller et de porter mes livres. Si précieux liens entre histoires et lecteurs...

De même, un grand merci aux journalistes et blogueurs qui seront curieux de ce roman, qui prendront le temps de se perdre dans les rues de Manhattan aux côtés de Chiara et Max.

Merci à ma famille d'être ce qu'elle est. Aimante, bienveillante, toujours présente.

Mes parents si bons et indispensables ; mes frères et sœurs, Bruno, Christophe, Fabienne, Claire, Delphine et Sylvaine, ainsi que leurs conjoints et enfants. Plus que jamais. Plus que tout.

Je remercie mes enfants, Margaux, Titouan, Gaspard et Joséphine d'être si attentionnés à mon égard et à ce point formidables. J'ai tellement de chance.

Un grand merci à Pauline Faure qui, la première, a suggéré de développer la petite dizaine de pages destinées à un scénario en un projet de roman !

Un merci sans cesse renouvelé aux astres d'avoir un jour croisé la route de celles qui sont devenues des sœurs bonus : Cynthia Kafka, Serena Giuliano, Virginie Grimaldi et Marie Vareille ; Carole M, Julie B et Julie L. Merci d'être là en toutes circonstances. Pour le meilleur et le moins bon.

Un chaleureux merci à la famille du cœur, Jean BS, Catherine B, Hélène B, Emmanuelle S, Jean-Pierre et Gaïdick.

Un grand merci à mes précieuses amies, Tonie Behar et Laure Manel, pour leurs retours de lecture et bien évidemment tout le reste.

Enfin, un sincère merci à Franck RG, je ne serais certainement pas à cet endroit de ma vie sans ses bons conseils.

Cet ouvrage a été imprimé en France par
CPI Brodard & Taupin
Avenue Rhin et Danube
72200 La Flèche (France)

pour le compte des Éditions Fayard
en mars 2023

Photocomposition Belle Page

PAPIER À BASE DE
FIBRES CERTIFIÉES

Fayard s'engage pour l'environnement en réduisant l'empreinte carbone de ses livres. Celle de cet exemplaire est de :
500 g éq. CO_2
Rendez-vous sur
www.fayard-durable.fr

N° d'édition : 83-5554-1/01 - N° d'impression : 3051741